《红楼梦》中的教育智慧

曹春梅　著

中国海洋大学出版社

·青岛·

图书在版编目（CIP）数据

《红楼梦》中的教育智慧 / 曹春梅著 . -- 青岛：
中国海洋大学出版社，2024. 1
ISBN 978-7-5670-3798-4

Ⅰ. ①红… Ⅱ . ①曹… Ⅲ. ①《红楼梦》研究②教育
研究 Ⅳ. ① I207. 411 ② G40-03

中国国家版本馆 CIP 数据核字（2024）第 005160 号

《红楼梦》中的教育智慧

HONGLOUMENG ZHONG DE JIAOYU ZHIHUI

出版发行	中国海洋大学出版社
社　　址	青岛市香港东路 23 号　　　　邮政编码　266071
出 版 人	刘文菁
网　　址	http://pub.ouc.edu.cn
订购电话	0532-82032573（传真）
责任编辑	付绍瑜　　　　　　　　电　　话　0532-85902533
印　　制	青岛国彩印刷股份有限公司
版　　次	2024 年 1 月第 1 版
印　　次	2024 年 1 月第 1 次印刷
成品尺寸	170 mm ×240 mm
印　　张	10. 5
字　　数	205 千
印　　数	1—1 000
定　　价	48. 00 元

序

　　鲁迅先生评《红楼梦》："经学家看见《易》，道学家看见淫，才子看见缠绵，革命家看见排满，流言家看见宫闱秘事。"作为一名在一线工作的高中语文教师兼班主任，我看见了什么？看见了"教育"。1995 年本科刚毕业，我就担任了一个班的班主任并教两个班的语文课。班里男生多，调皮得很。常规管理按下葫芦起来瓢。正忙得焦头烂额，束手无策的时候，我突然发现学生们朗诵诗歌时特别规矩，不乱动和乱说话。朗读《葬花吟》《秋窗风雨夕》，男孩子们声如洪钟。他们不是爱林黛玉，而是爱齐声高歌的情感舒放和朗朗上口的整齐韵律。苏霍姆林斯基说，教师最主要的是在每个孩子身上发现其最强的一面，找出发展的"机灵点"。每个孩子都有自己的"机灵点"，其实一个集体也会有一个"机灵点"，承载兴趣、注意力、情感和灵魂。教师如果能发现并抓住这个"机灵点"，就可以以它为载体，慢慢地把学生拉到正轨上去，培养良好的生活习惯和学习习惯。

　　此后每一个开学季，我都会有意无意地把《红楼梦》诗歌诵读当成一个"机灵点"，用来提升学生的文学素养，凝聚班集体，加强班级的常规管理。学习程度弱一点的班级诵读《红楼梦》里的诗词，学习程度好一点的班级增设《红楼梦》导读课、讨论课。后来随着新课改的到来，师生则一起开设《红楼梦》整本书阅读课、比较阅读课。

十五六岁的少男少女正处于好奇与梦想齐飞，浪漫与现实碰撞的年龄，《红楼梦》以其开阔的文学视野，张看传统文化的底色与激情；以精美灵动的语言、鲜明丰富的人物性格，接纳青春期的嬗变与情绪。同时，《红楼梦》中的盛衰荣辱能帮助师生关注人生、社会、国家，思考过去、当下、未来。

全国研究《红楼梦》的人很多，研究班主任教育的人也不少，但是将二者跨界进行研究的人寥寥无几。《红楼梦》中为人处事的智慧也是教育智慧，值得广大师生好好学习。我把这个想法同身边的师友交流，获得了他们一致的赞许。于是不久，《贾母的体面》《贾宝玉的真与怯》《"永远正确"的王夫人》《柳湘莲缺失的婚姻教育》《焦大是块试金石》等从教育视角解读《红楼梦》的专题文章变成铅字次第发表。更令人开心的是，《李纨的鱼与娄氏的渔》先后被《读者》和《意林》杂志转载。

受到鼓励，写作热情一发而不可收，结集成册，就是现在的这本书。因水平有限，书中难免有很多不足之处，希望大家多多包涵，批评指导，谢谢！

曹春梅书于山东省青岛第十七中学

2023 年夏

目　录

贾母的体面

体面,顾名思义,意为得体、有面子。

体面不是正确。王夫人以雷霆震怒之威把金钏撵出大观园,导致金钏夭折。即便没有一个人说王夫人错,但一个吃斋念佛的贵妇人,弄得闺里服侍了十几年的贴身丫头投井自尽,总算不得体面。

体面不是成功。贾赦为了把石呆子的几把扇子弄到手,与贾雨村狼狈勾结,讹诈石呆子拖欠官银,拿到衙门里去,抄了扇子,作了官价,据为己有。虽然成功了,但是被儿子嘲讽:"为这点子小事,弄得人坑家败业,也不算什么能为!"绝对不体面。

最懂体面的莫过贾母。

她爱贾代善,七老八十的时候提起他来还泪流满面,但是贾代善的侍妾并不少。她们死了娘家人,贾母按旧例拨银子抚恤一分不少,最外头的一个一笔就是一百两,比对刘姥姥还大方。这是她的得体之处。这些妾未必领她的情,但是她们都没有儿子可以依靠,钱就是靠山。贾母的银子,让夫、妻、妾三方都体面。

她不仅自己体面,也顾及儿孙体面。贾赦要纳鸳鸯为妾,被贾母公开驳回,但同时,贾母拿出八百两银子买了一个十七岁的女孩子嫣红给他收进屋里,保全儿子在大家族中的体面。黛玉幼孤,贾母时不时让丫头给黛玉送钱。黛玉何其聪明，赏赐下人大方，潇湘馆的丫头嬷嬷就安生，不多事。宝玉相貌好，审美品位高。贾母首选晴雯做他的身边人——她模样、针线都是一流的，还忠心、单纯、没有私心，匹配宝玉绝对不失体面。

贾母是怎么做到体面的呢？首先是尊重对方的逻辑。贾宝玉初见林黛玉时就把"命根子"给摔了。他的理由是："家里姊姊妹妹都没有，单我有，我说没趣；如今来了这么一个神仙似的妹妹也没有，可知这不是个好东西。"这是小孩子的痴言妄语，不值一驳。可是贾母劝宝玉并非胡乱应对，而是顺着他的逻辑哄："妹妹原来有，因姑妈去世时舍不得你妹妹，遂将玉带了去。"宝玉听了，想一想，竟大有情理，也就不生别论了。宝玉小，但是小孩子也有小孩子的逻辑，贾母尊重他的思维方式，在此基础上善意地撒点小谎，劝得个皆大欢喜。

其次是不出声地劝慰。第七十四回中，王夫人抄检大观园，一家人上上下下鸡犬不宁。对此探春义愤填膺，讲了一番大道理，又打了王善保家的；抄检大观园的结果是惜春、迎春撵了贴身丫头，宝钗搬离蘅芜苑，远避是非。第二天，贾母留探春、宝琴在自己房里吃饭，给王熙凤、宝玉、黛玉、贾兰送饭菜，又让鸳鸯、琥珀、银蝶上桌陪尤氏吃饭，而贾母下地和王夫人说闲话行食。老少四代，主奴数人，和和美美，亲亲热热。此举正是为昨夜之事做一些劝止与情感上的抚慰。贾母连语言都省了，无言地通过安抚肠胃来安抚众人的心。

【教育智慧点拨】

体面，是为人处世时，无论是让自己还是让对方都得体、有面子，也就是俗语说的为人处世要讲究"吃相"。家庭教育中，如果父母体面，儿女处理事情也往往体面。体面背后的逻辑是去除"零和"思维，做事情留有余地,达到双赢。

【教育随笔】

傅老师的体面

傅老师骨子里的体面让年逾七旬的她依然是一家人心里的"玫瑰"。

很难不爱她,她性情温和又温柔;很难忽略她,她乍一看也就五十出头,长得很好看,腿脚轻盈,身量苗条,衣着讲究。走近她,多多少少会感到她的气质有一些与众不同。傅老师住的房子,表面看一般,但是修暖气的、查水表的、安装空调的人,在推开门的一刹那,往往"哎呀"一声,不敢直接往屋里进。为什么?因为门里明亮美丽。地板、门扇、窗帘、床罩、沙发等大板块色彩温馨又好看,干净又治愈。小物件,一件是一件,充满趣味和情调。在傅老师家,你若懂书法,她有不少大大小小的曹全碑、张迁碑、礼器碑作品可跟你交流。若爱读书,书橱里有各个领域的人物传记可得观瞻,梁晓声三大卷《人世间》,傅老师已经开始看第二遍了。若通音律,就更好了,傅老师弹的钢琴曲《月亮代表我的心》听得人如痴如醉。若能一起唱歌、跳舞,傅老师当过音乐教师,一开腔,一迈步,就看出基础不一样。白案上的包子、饺子、花卷,只要是傅老师做的,必定颜值高,功夫细。

当然这些只是皮毛。傅老师真正的好,体现在她待人接物非常讲究、体面。她从不把自己不喜欢、多余的东西送给别人。从她手里拿出去的物件,一般是她自己喜欢的精品。物质困难时期,她很少吃水果,然而去姐姐家做客,会买市场上最红最贵的苹果。她给自己做衬衣,裁普通样子;给外甥女裁,精心设计"马蹄袖"。有一年,傅老师临时在一个职业技术学校当短期速成班的班主任,见学生之前,她先去看了眼教室,发现窗帘太旧了,就去学校附近的集市上买了米色的窗帘布料,亲自踩缝纫机给学生们做了三大组窗帘。做好后,她用包袱提着,辛辛苦苦挤公交车去单位请人给教室安装上。傅老师一旦拿出她能拿得出的所有的好去照顾一个人、做一件事,能量会非常大,学生们一定也感受到了。

当然,在工作中、生活上,她也难免遇到不开心的人和事。傅老师多数时候以不变应万变。她先生退休后身体不好,傅老师带着他上山跳舞,开拓心境,又从 a、o、e 开始,一个字母一个字母教会他汉语拼音。先生学会拼音后,用智能输入法打字,创作了两本长篇小说,焕发出退休后的新活力。她很少自寻烦恼,烦恼也不找她。她没有出人头地的欲望,欲望得不到满足的痛苦也处处躲着她。她不高声与人辩驳,也处处为别人留面子。越是这样,那些丑的、阴暗的事儿,在她面前短暂地打个呼哨,发现对象不对,很快就消失了。

傅老师按本性简单真诚地活着,看起来很单纯,其实是大智慧。她的家庭不可能不和谐,日子不可能不平顺。

宝玉·手机·身家性命

这篇文章从贾宝玉说起。《红楼梦》里,贾宝玉进入青春期,具备了自主行动的意识和能力,社会化程度提高,父母陪伴的重要性下降。贾母意识到之后,派了三十三个人陪伴贾宝玉成长,弥补自己和贾政、王夫人的不足。其中贴身大丫头八个、小丫鬟十个、婆子五个、小厮十个。

宝玉吃喝拉撒睡、休闲娱乐读书、待人接物,都有人帮助与指点,甚至有教引嬷嬷这种专业人士参与。为了保障不出差错,这些人皆经过严格挑选。袭人与晴雯是贾母亲自调教的。一个忠心耿耿、沉稳周全;一个心灵手巧、伶牙俐齿。宝玉要吃饭,她们就跑跑腿拿东拿西;宝玉要出门,她们就赶紧打点衣装;宝玉过生日,她们就办一场快乐的生日宴会……随着年龄的增长,贾宝玉开始尝试各种新鲜事物,接触各种新鲜玩意儿,更喜欢走出家门,这时候丫鬟和小厮就想方设法满足他,同时绝对保障他的安全。他们打点着贾宝玉的一切,和宝玉玩乐学习,及时疏导他的烦恼,让他的成长舒适顺利、丰富安然又不出大格。

祭奠金钏的时候,茗烟替主子说出肺腑之言;宝玉出门读书,袭人嘱咐他不可不用心,以免惹贾政生气,但也不可太过用功伤了身体。这些话都对宝玉有精神启迪和行为规劝的作用。

大观园的姐姐妹妹们,是宝玉的另一个高层级精神成长陪伴团队。这个团队提供最多的是情绪价值、同伴交流。元春是"小母亲"与家庭教师,林黛玉给贾宝玉知音感与爱情,薛宝钗提供温柔,王熙凤给他最周全的疼爱,史湘云提供好情绪。海棠诗社引领了宝玉的诗情,与林黛玉的精神恋爱让宝玉品味到了人生的至真、至善、至美、至聪明。贾宝玉最终成长得身心健康、富有同情心,价值观超越世俗,在人群中品貌俱佳、出类拔萃。这不能不说是身边团队的功劳,何况他还拥有贾母的种种宠爱和庇护。他纵然有点小小的不如意,也不过"背地里拿着他的两三个小幺儿出气,咕唧一会子就完了"。

宝玉的个性基本没受到压抑。他是在一个绝对不孤独的环境里成长起来的。如果宝玉感到孤独,那不是生活的孤独,而是人类与生俱来的孤独,哲学意义上的孤独。

而宝玉所拥有的这一切,当今青少年有没有?如果有,提供者是谁?不是父母,不是老师,不是同学,答案有可能是手机。

现在智能手机的功能已经超过了贾宝玉身边的几十人的团队。饿了,手机可以像晴雯一样带回吃的;渴了,点杯奶茶,冷热正好,如同被秋纹吹过;冷了,在网上比雀金裘更名贵的衣服也能买到;孤独了,到社交软件里找朋友,总有人不眠不休地陪着说话;闷了,想看书,电子购书比茗烟的腿还方便;想打游戏,各种弹窗自己会蹦出来;爱情,线上线下都有;想学习,高校网课引领你越走越高……

身家性命,身家性命,古今中外人性是一样的,奴把身家性命托付于你,谁带走你,我跟谁急。《红楼梦》里,后来,大观园里的姐姐妹妹、大丫头小丫鬟嫁的嫁,死的死,几十人的成长陪伴团队渐次崩塌,宝玉吵着要出家当和尚。等林黛玉也死了,他就真的出家了。家产不要了,妻子不要了,爹娘不要了,兄弟也不要了,家族责任义务通通不要了。他对自己的身家性命都不在乎了。

当代有多少痴迷于手机的青少年？他们对手机的认知心理、道德情感、行为动机与《红楼梦》中贾宝玉的故事隔着时空，隔着虚拟与现实的帷幕，镜像般映照。

这难道是巧合吗？

【教育智慧点拨】

自从智能手机普及以来，青少年因为痴迷于手机而出现各种问题的消息并不少见。很多家长看到孩子用手机心里就不舒服，导致两代人产生冲突。其实手机是把双刃剑，功能好坏兼有，就看用它来做什么，把它的作用发挥在哪个层面。

【教育随笔】

我与手机的十年"纠缠"

对有的学生来说，智能手机是对学习与生活的有效补充，他们会因之变得越来越优秀；对于有的学生来说，智能手机是巨大的诱惑与成绩滑落的"帮凶"。邻居家的一个男孩，初中在一所军事化管理的私立学校读书，作业量很大，手机被严禁使用，一旦发现上学带手机，学校会警告一次，警告无效直接开除。所以这个邻家男孩一点也不迷恋手机，成绩也还不错，中考顺利考入了一所公立高中。公立学校遵循教育规律，以人为本，倡导学生自主管理、自我成长。邻家男孩刚开始成绩还行，后来几次考试受了点挫折后就开始找借口玩手机。别人上高中拼命做题，他每天早早回家打游戏。他妈妈说这孩子不写作业，也不做家务，也不打理个人卫生，就昏天黑地地玩手机，谁说也不听。他眼睛里既没有工作疲惫的中年父亲,也没有操持家务的母亲,甚至也没有自己,我经常见他头发长得快成野人了还不去修剪。十几岁的少年,皮肤一点光泽也没有,两眼无神,成绩直线下滑。据他奶奶讲,有一次开沙滩运动会,奶奶中午去给他送饭,正碰上跑接力,全班学生都兴奋极了,拼了命地为运动员加油,只有他坐在观众席上头也不抬,两眼只盯着手机屏幕,手机变成了他"六亲不认"的帮凶。

前车之鉴,后事之师。我们夫妻俩从女儿上小学起,就对手机的影响格外警惕。女儿配手机很早,但只是一款小巧的老人机。刚开始,同班几个成绩落后的男生手持新出的手机在校园里招摇,女儿看了不心动。她那时有自己的价值判断,感觉"手机族"没意思。她的注意力全在书上,一套一套地买,书架很快就堆满了。她买书从没被拒绝过,买本子等其他文具也如此,慢慢地,女儿明白,对于书本笔墨,爸爸妈妈敞开供应。

女儿小学五年级时,智能手机在小学生中很流行了。我明明白白地对女儿说,等这款老人机坏了,就再买个一模一样的,反正十八岁以前,不能用智能机。晚饭后,我坐在电脑面前读书、写作,孩子在另一个房间写作业,谁都不关门,除了睡觉时,家里所有的房间都开着门。孩子的书,我的书,先生的书,越来越多,我在报刊上发表的文章也越来越多。孩子不怎么看我写的东西,但是她知道读书是家里的文化主流。键盘声、背课文的声音是晚饭后的主要声源。尽管如此,她肯定会眼馋同学的智能手机,这个我心里有数。我们以成长的名义剥夺了女儿的一项需求,就应尽量主动地以别的方式给她相应的补偿。

补什么呢?楼下有个商店,卖漂亮的本子,每次经过,女儿的眼睛总恋恋不舍。买！夏天给她买凉鞋时，娘俩眼光不一致，不要紧，两双一起买。漂亮的晶莹剔透的头饰、发卡，只要她看好了，通通都买。后来，女儿不要了，我还买，不戴不要紧，亮晶晶的看看也好，什么时候想戴了，抽屉里有的是。

女儿十岁时，学校举办元旦艺术节，她被老师推荐到舞台上和一个男生说相声。对方穿西装，于是我就带着她买了一条冬天穿的漂亮厚裙子。演出成功，师生好评如潮，女儿的心也获得了充分的满足。

她十二岁时，小学毕业，我带着她去欧洲旅游。

她十五岁时，初中毕业晚会上学生们都要穿礼服。我意识到此事重大，和女儿一起去商场买了一条礼服式纯白蕾丝连衣裙。那一晚，男孩子西装革履，女孩子裙裾摇曳。晚会浪漫而热烈，高潮迭起。女儿最喜欢的班主任和历史老师合唱的时候，大家都鼓励她上台献花。她去了，像个芭比娃娃，很兴奋，下台又与最好的朋友玩得不亦乐乎。女儿虽然没有智能手机，家里也并不多金，但是，她还是深刻感受到父母的爱。这爱，有原则没有条件，有浓度无关成绩，在她需要的时候，父母给她最大的支持。这一年，手机的功能更加强大，有取代电脑之势。我的写作从电脑转移到手机上，写博客，写简书，养成了有空就写作的习惯。晚饭后，女儿学习，我和先生都抱着手机。我跟女儿说："爸爸白天工作量大，晚上玩手机放松一下，你不要跟他计较。妈妈抱着手机是在写作，不是玩游戏，你千万别误会。"我说到也做到，频频在报纸和杂志上发表文章，有时候特意请她点评一下。

上高一后，学美术必须用智能手机了。既然是刚需，那就痛痛快快挑一个可心的。我跟女儿讲，手机只是手机而已，这个世界好东西多得是，满了十八岁，可以考驾照，买汽车，比起汽车来，手机不值一提，不要一叶障目，与手机纠缠不清，影响前程。同时我在家里购置了大量的世界名著,并得空给她讲名著里的故事。讲完了,我发现女儿有时会去翻家里的书。她的手机在手,并没有受到手机的不良影响。

女儿十八岁时,我送她去重庆读大学。在候机室里,众人都抱着手机,我的女儿从包里从容地拿出一本书,安静自在地阅读。此时此刻,我特别释然。热爱阅读又有思想的女孩,心里藏着江海,脚下有选择的方向。这孩子不是空心人,我不用担心她荒废青春时光。

然而这并不是手机故事的全部。

她大学放假时,我发现女儿和每个成年人一样每天抱着手机不离手。刷剧、玩游戏、点外卖、自拍、聊天……前十年以来,我想尽办法让女儿远离手机,我的苦心经营在她上大学后一夕坍塌,女儿天天盯着手机的样子让人看了真无奈。可是在这个信息爆炸、一天不看手机可能就会被信息流甩出去的时代,谁能故步自封、闭门造车?看看我自己,还不是和女儿一样?与家人联系用微信,写作用手机备忘录,离了手机简直寸步难行。手机俨然是微型笔记本、生活小秘书、娱乐大集合、生存助力器。我突然想起一张摄影图片,上个世纪地铁里年轻人等候的时候人手一张报纸,埋头苦读;现在相同的地点,相似的人群改成了埋头看手机。手机已经深度浸渍我们的生活,这是科技发展所致。在这种大环境下,女儿高考前能有近十年的时间没碰智能手机,顺利地考上了大学,已经非常难得了。我再要求她像小时候一样不看手机,不现实,也不符合客观环境。既然成年人使用手机少有人会玩物丧志,相信我精心培养的女儿也会用之有度。

时代的列车轰隆隆地往前开,坐在车上,谁能逆时代潮流而动呢?

就顺其自然吧!

贾宝玉的真与怯

宝玉有三"真"。

其一是与黛玉产生了真情。

其二是他对于女孩子的态度非常真切,没有等级之分。他博爱一切女孩——不管是尊贵的小姐还是低贱的丫头,不管是大家闺秀还是小家碧玉。他料定山川日月之精秀,只钟于女儿,须眉男子不过是些渣滓浊沫而已。在他眼中,天下女孩儿都是水做的骨肉。见了女儿,便清爽;见了男子,便觉浊臭逼人。

其三是对社会主流价值观,即"仕途经济"不加掩饰地否定。读书上进的人,宝玉称之为"禄蠹"。《红楼梦》第三十二回中,史湘云劝宝玉:"也该常会会这些为官做宰的人们,谈谈讲讲,学些仕途经济的学问,也好将来应酬世务,日后也有个朋友。"宝玉听了道:"姑娘请别的姐妹屋里坐坐去,我这里仔细脏了你知经济学问的。"宝钗也劝过,话没说完,宝玉咳了一声,抬起脚来走了。唯有林黛玉从来不说这些"混帐话",所以被宝玉引为知己。

这三条放在我们当下这个时代,没有什么太大的问题。但是在当时则不被主流社会接纳,由此可见,宝玉的"真"超前于他所处的时代。

他在意识形态上如此超前,具体行动又是怎样的呢?

关于爱情,宝黛二人发乎情,止乎礼,止乎未来。在第三十二回,林黛玉不经意听到宝玉的赞扬,她在心里哀叹:"你我虽为知己,但恐自不能久待;你纵为我知己,奈我薄命何!"第六十二回,黛玉给荣国府算账出多进少。宝玉笑道:"凭他怎么后手不接,也短不了咱们两个人的。"一个病入膏肓,一个不当家不知柴米贵。对于捍卫爱情这件事,宝黛都怯于面对现实。

宝玉的怯懦害苦了一些伺候他的丫头。金钏、晴雯、芳官、四儿被王夫人驱逐,宝玉都脱不了干系。金钏与宝玉调情,没防备被王夫人打了一个嘴巴子。宝玉见状不好,早一溜烟去了,全不顾金钏将面临怎样的处罚。晴雯并无过错,只因为生得太好勾起王夫人的往日遗恨,病得恹恹弱息从炕上被拉下来撵出去。宝玉不敢为晴雯说一句话。对比探春顶着犯上的风险拒绝王熙凤搜检丫头们的东西,宝玉这个主子真是没有担当!

不走仕途经济,将来拿什么维持、发展荣国府,宝玉从来没想过。后来他出家当和尚,这是他最有行动力的一次反抗,自己的生存问题是解决了,但是抛弃妇孺、对家族不负责任实际是另一种形式的怯。

宝玉的真与怯是怎么生成的呢?这与荣国府的家庭教育大有干系。贾母命根子似的宠着宝玉,他与林黛玉的爱情实际是受到了贾母的庇护。就连二门上的仆人兴儿都知道:"将来准是林姑娘定了的。因林姑娘多病,二则都还小,故尚未及此。再过三二年,老太太便一开言,那是再无不准的了。"贾宝玉喜欢在内帷厮混,更是获得了贾母无限的包容。在第七十八回,贾母说:"他这种和丫头们好却是难懂。我为此也耽心,每每的冷眼查看他,只和丫头们闹,必是人大心大,知道男女的事了,所以爱亲近他们。既细细查试,究竟不是为此。岂不奇怪。想必原是个丫头错投了胎不成。"一番话把大家都说笑了。可见，没有贾母的默许，就没有贾宝玉对女孩子的博爱。贾母的爱与宽容是宝玉能在内帷中自由表达自己的精神基础。就这一点来说，贾母对宝玉的理解远远超出了王夫人对他的理解。至于宝玉反对仕途经济，其实也无大碍。贾政年轻时诗酒放诞，见宝玉虽不读书，作诗也还不算十分玷辱了祖宗，也就不强以举业逼他了。既然如此，可见宝玉的真，多数是本性流露，在贾母的庇护下，他的真性情很幸运地被保留下来，这也是宝玉的人格魅力之一。

怯缘何而来呢？源于两个方面。

首先宝玉天生性怯。他十几岁了去庙里烧香还愿，不敢近狰狞神鬼之像。

其次，贾政不近人情的暴力教育吓破了宝玉的胆。宝玉平生最怕的就是父亲贾政，尤其怕被问书。《红楼梦》中宝玉要出门上学去，向父亲请安告别。当时贾政在书房中与相公清客们闲话。见宝玉进来，便冷笑道："你如果再提上学两字，连我也羞死了。依我说，你竟顽你的去是正理。仔细看站脏了我这地，靠脏了我的门。"这是多么有悖父子伦常的语言暴力，而且还是当着外人的面不给儿子留颜面。贾政即便是爱之深责之切，也太过分了。

还有更过分的。大观园基本建成时，贾政携宝玉和众清客游园题字。在这场变相的考试中，宝玉大展才华，但是父亲的评价却是"不可谬奖。他年小，不过以一知充十用，取笑罢了。""畜生，畜生，可谓'管窥蠡测'矣。""无知的业障！你能知道几个古人，能记得几首熟诗，也敢在老先生前卖弄！""无知的蠢物！你只知朱楼画栋，恶赖富丽为佳，那里知道这清幽气象。终是不读书之过！"更有意思的是走到一处，贾宝玉没有顺着贾政的意思赞美，而是发表自己的看法，未及说完,贾政气得喝命"又出去"。刚出去,又喝命回来,命再题一联。"若不通,一并打嘴。"宝玉只得念一联,贾政听了,摇头说:"更不好。"更不好的意思是还可以。下一景,宝玉被吓得在旁不敢出声,贾政喝道:"怎么你应说话时,又不说了?还要等人请教你不成!"宝玉走神,应答略慢了一点,贾政遂冷笑道:"你这畜生也竟有不能之时了。""沁芳"是宝玉此行点睛之笔,沁芳泉上的闸自然名"沁芳闸"。闻此贾政道:"胡说。偏不用'沁芳'二字。"其实宝玉哪有贾政骂得那么不堪,北海静王眼中的宝玉"面若春花,目如点漆""语言清楚,谈吐有致",他赞宝玉"雏凤清于老凤声",还赠与御赐香念珠一串。正是因为贾政对儿子不计次数、不计后果、不计深浅的语言暴力,导致宝玉听到贾政叫他,"好似打了个焦雷,登时扫去兴头,脸上转了颜色,便拉着贾母扭的好似扭股儿糖,杀死不敢去"。其实贾政对宝玉的爱一点也不比其他父亲少,但是贾政以恨为爱的断喝与辱骂交织的语言表达还是深深地伤害了父子之情。

　　贾政语言暴力的另一个严重后果,就是强化了宝玉性格中懦弱的部分。宝玉在贾政面前不但被唬得倒退,不敢说话,在母亲不公平对待丫头的时候,他也不敢为她们说话。忠顺王爷派人捉拿琪官的时候,宝玉被一吓唬就出卖了朋友。贾政在教育子女方面过于关心学业,完全忽视了他们的身心健康、品德修养。贾珠早死,或与此有关。宝玉纵然不死,也被吓破了胆。父亲的赞美永远是对儿子最好的奖赏,不能获得父亲认可的男孩很难变成顶天立地的男子汉,怯懦将是伴随他们一生的标记。

　　最后一个原因是宝玉未成年,他还不具备与世界抗衡的力量。他对柳湘莲抱怨:"我只恨我天天圈在家里,一点儿做不得主,行动就有人知道,不是这个拦就是那个劝的,能说不能行。虽然有钱,又不由我使。"谁在青春年少的时候没有这样的烦恼呢？向掌权者妥协是觉醒了的少年不得不做出的姿态。这也是一种怯懦，一种被动的怯懦。

【教育智慧点拨】

父亲的赞赏是最响亮的奖励。在孩子幼年时，父亲的鼓励和肯定都能变成孩子强大自信的来源。如果父亲关注孩子并善于表达自己的情感，那么子女在父亲的关注和鼓励下，就会变得自信、乐观，做任何事情都充满积极向上的动力，长大后的抗挫力和自愈力更强，安全感和自信心也更多。这种安全感和自信将陪伴孩子一生，给予他们面对世界的底气和力量。

【教育随笔】

怜子如何不丈夫

那些说德国人刻板、理性的人如果看一看埃·奥·卜劳恩的漫画《父与子》，大概率会收回自己对德国人的上述评价。为什么呢？因为这本书描绘的亲情太美好了，讲了秃头、胖胖的大胡子爸爸与机灵、调皮的儿子的故事。无论哪个年龄段的人阅读此书，书中温馨的父爱都如同甘霖、阳光一样滋养着读者的心。

且看《父与子》里面一些有意思的片段。父亲带儿子去医院拔牙，儿子怕疼，父亲让儿子从椅子上下来，自己亲自坐上去做示范，展示男子汉的勇敢。结果，医生检查出父亲也有一颗牙要拔，父亲立刻怕了，让读者忍俊不禁。要吃饭了，儿子不见了，父亲去找儿子，原来儿子看书入了迷，废寝忘食。儿子被叫到饭桌上之后，父亲又不见了，干什么去了？原来父亲被儿子的书吸引，看得也忘了吃饭。又一回，父亲给儿子做饭，儿子觉得难以下咽，把饭给了身旁的小狗，狗居然也嫌弃不好吃。父亲生气了，"臭小子，你这是在浪费食物"。父亲尝了一口，发现真的很难吃，于是立刻把饭倒了，带着儿子去了餐厅。这则漫画里的父亲完全没有要坚持"父道尊严"的意思，他勇于承认自己的不足并立刻改错。这令人想起萧红讲述过的鲁迅先生一家人吃鱼丸的故事。鲁迅曾经和许广平、儿子周海婴请萧红吃饭，去的是福建菜馆，菜中有一道是鱼肉丸子。不到五岁的周海婴吃了一口就吐掉了，说丸子不新鲜。但是大人们吃了以后，都觉得很好吃，对孩子的意见不置可否。随后周海婴又吃了一个丸子，又吐掉了，还是说不新鲜。鲁迅这个时候并没有生气，反而做出一个出人意料的举动，他吃掉了儿子吐出来的丸子，然后表示这两个丸子的确不新鲜。鲁迅说："他说不新鲜，一定也有他的道理，不加以查看就抹杀是不对的。"这正是鲁迅教育的高明之处，也是鲁迅做父亲的开明之处。在尊重孩子的感受方面，漫画里的父亲与鲁迅先生的思维是相通的。

其实父子关系自古以来就不是单纯的家庭血缘关系，它在很多时候被赋予社会属性，彰显种族的情感、文化、积淀与传承。稳固的小家庭是一致对外的堡垒。堡垒中，夫妻关系在伦理秩序里排第一位，亲子关系排第二位。在这样的文化背景下，父亲可能更容易放下高高在上的身段，以平等的姿态表达温馨父爱。正如鲁迅所说，"无情未必真豪杰，怜子如何不丈夫"。

漫画《父与子》系列1934年至1937年刊载于《柏林画报》。该作品发表后立刻风靡全世界，获得了极大的成功，同时也让大家看到了德式幽默。这部长篇连环漫画的原型是谁呢？原来就是作者本人和他三岁的儿子克里斯蒂安。漫画中父子的深情与真诚、温暖与幽默给全世界的读者以平静、快乐的正能量。

如果你为亲子关系而犯愁，就去读读《父与子》吧，总有一页会让你豁然开朗。

李纨的鱼与娄氏的渔

《红楼梦》第九回,金荣大闹学堂,与贾宝玉起了冲突,有人从后面扔砚台偷袭宝玉,却不料落在了贾兰和贾菌的桌子上。贾菌抓起砚砖要打回去。贾兰忙按住砚,极口劝贾菌:"好兄弟,不与咱们相干。"贾菌不听,又抱起书匣子来抢,还跳出来,要揪打那一个飞砚的。

贾兰文弱吗?不。他演习骑射,把两只小鹿追得箭也似的逃。贾兰地位低吗?也不。他与宝玉都是贾府名正言顺的继承人。那么为什么贾兰、贾菌对至亲贾宝玉的态度一个极冷,一个极热?原因很多,其中之一是母亲对儿子的影响不同。

李纨守寡后,"居家处膏粱锦绣之中,竟如槁木死灰一般,一概无见无闻"。一般说来,个体与整体息息相关:别人受到爱护,自己也会感到温暖;别人被冷遇,自己也心里冰凉。这就是联结感。很明显,李纨与整个贾府缺少联结感。与联结感相反的是隔绝感。隔绝感容易导致自私冷漠。贾兰对宝玉的冷漠就是李纨对贾府隔绝感的延伸。冷漠的表现形式不止一种。第二十二回中,过元宵节,大家都在贾母膝下承欢,人群里独独不见贾兰。原来贾兰嫌爷爷没叫他,所以不肯来。于是贾政忙遣儿子去叫,对此李纨一直笑,她并没有意识到贾兰对族人的自我隔绝有什么不妥。

第五十三回，又是元宵节，贾母在花厅摆家宴款待族人。众族人有懒于热闹不愿来的，有出门不便不能来的，有妒富愧贫不肯来的，有憎畏凤姐为人而赌气不来的，有羞口羞脚不惯见人不敢来的，林林总总。女客来者只有贾菌之母娄氏，她还带了贾菌来。多么有勇气，娄氏值得我们为她鼓掌！她一个年轻的寡妇，摒除了种种负面情绪，屏蔽了各种闲言碎语，独自带着儿子勇敢地到本家贾府社交，用现代教育理论来说，娄氏是在帮助儿子与贾家整个家族建立联结感。

《红楼梦》里，李纨一直很用心地帮贾兰攒银子，以备将来不时之需。娄氏很用心地帮贾菌拓人脉、提情商。前者授子以鱼，后者授子以渔。这是两种境界，教育出来的儿子必然呈现出两种不同的状态。

【教育智慧点拨】

给鱼，还是给渔？这不是一个难选的问题，难的是在教育实践中，给渔不要因为种种原因变成给鱼。

【教育随笔】

扫雪机式的父母

扫雪机式的父母是指为了孩子未来的发展，把一切障碍提前清除的父母。如同下雪了，父母怕孩子出门滑倒，提前为孩子扫清道路上的雪一样。

我和先生就是这样的父母。

有人可能会问，你研究教育，怎么能给孩子这样的教育、这样的爱呢？

这个问题我也问过自己。明明知道扫雪机式的父母会剥夺孩子很多独立自主发展的空间和机会,我们为什么会包办那么多呢?

我的答案有两个:第一,我们的孩子是独生子女,是家庭唯一的未来。我们夫妻俩爱的能量太大,做扫雪机式的父母也已经是再三克制的结果。第二,孩子上初二后,课业挤占了大量的时间与空间,我们不得不替孩子承担属于她的生活实践。2017 年,青岛市中考普高率不足 50%(2020 年提升到 70%)。自那时候起,十三岁的小姑娘每晚学习到十点睡觉。到了初三,十点半睡;高一,十一点半睡;高二,十二点睡;高三美术联考前,凌晨一点半睡觉;高考前,凌晨两点睡觉。可以说,近五年的时间,孩子都是在极度缺觉的情况下生活的。每个早晨都是一天中最艰难的时刻,睡眼惺忪的孩子面对丰盛的早饭经常没胃口,吃不下。她早晨眼都睁不开,从起床到出门仅仅二十分钟,能自己系鞋带就不错了,哪有时间洗碗?每天放了学都有一堆作业,她写到精疲力尽还不一定能写完、画完。在这种情况下,怎么会强求孩子做家务?她根本没有时间。

尤其是高中三年,寒暑假她都在美术集训,一周休一天,补觉用掉半天,补习功课用掉两三个小时,剩下的个人可支配时间极少。孩子在学习上有这么密集、高强度的精力与体力付出,家长哪里忍心让她干家务?事实上,家长明知做家务对孩子的思维发展是有好处的,但是一个人能享受自由,哪怕一点点,比发展思维更宝贵。两害相权取其轻,我们于是就这么一直迁就到高考结束。

我家先生只求自己付出,不求女儿回报。这是他做人的一贯风格,平时对别人也是这样。小时候带孩子拍"百岁"照片,照好后我一看,他的衬衣没掖好,有一只衣角露在外面。后来他自己说,当时他抱着孩子,考虑到孩子光着小脚丫,所以坐下的时候特意把一只衣角拽出来，挡着腰带扣，怕划伤孩子的脚。见一斑而窥全豹，他对女儿心细到如此地步，变成扫雪机式的父亲也就不足为奇。带孩子的辛苦，各种教育花销，他从来不跟孩子提，也反对我提，唯恐带给孩子压力和内疚。做父亲的只希望女儿安心生活在父母打造的无忧无虑的桃花源里。

高考成绩出来后，我们知道填报志愿是另一项极费脑力的工程，两个人绞尽脑汁全力研究。那几天，我们白天在单位脑力劳动，晚上为报志愿进行另一层面的高强度脑力活动，持续了十天。志愿报完后，精疲力尽。还没有舒一口气，我们紧接着需要搬离租住的学区房。一场高密集且高强度的脑力与体力组合拳打下来，搬家的当晚，先生的头顶突然斑秃了一小块——这是情绪焦虑和体力劳累交织所致。

高考后的第三天傍晚，晚霞遄飞，遍地流金。我们下班回家时，女儿居然做好了晚饭——米饭配一大碗麻辣香锅——等我们回来吃。我和先生感到十分惊讶，又深深满足。

原来她什么都会呀！

贾母那不计功利的疼爱

中秋夜，贾赦讲了个笑话。

"一家子一个儿子最孝顺。偏生母亲病了，各处求医不得，便请了一个针灸的婆子来。这婆子原不知道脉理，只说是心火，如今用针灸之法，针灸针灸就好了。这儿子慌了，便问：'心见铁即死，如何针得？'婆子道：'不用针心，只针肋条就是了。'儿子道：'肋条离心甚远，怎么就好？'婆子道：'不妨事，你可知天下父母心偏的多呢。'"众人听说，都笑起来。

儿子讽刺贾母偏心，贾母认，只是她最偏心的孩子不是小儿子贾政，而是林黛玉的母亲——贾敏。

贾敏"未出阁时，是何等的娇生惯养，是何等的金尊玉贵"，探春、迎春这些小姐也不过比贾敏的丫鬟略强一些罢了。但在男权社会里，一旦涉及婚姻，再娇生惯养的千金小姐也要为家族服务，个人幸福很难被顾及。元春为了家族去了皇宫"那不得见人的去处"。省亲时，元春隔帘含泪说："田舍之家，虽齑盐布帛，终能聚天伦之乐；今虽富贵已极，骨肉各方，然终无意趣！"贾政连忙用一大堆冠冕堂皇的官话把元春止住："臣，草莽寒门，鸠群鸦属之中，岂意得征凤鸾之瑞。今贵人上锡天恩，下昭祖德，此皆山川日月之精奇、祖宗之远德钟于一人,幸及政夫妇。且今上启天地生物之大德,垂古今未有之旷恩,虽肝脑涂地,臣子岂能得报于万一。惟朝乾夕惕,忠于厥职外,愿我君万寿千秋,乃天下苍生之同幸也。贵妃切勿以政夫妇残年为念,懑愤金怀,更祈自加珍爱。惟业业兢兢,勤慎恭肃以侍上,庶不负上体贴眷爱如此之隆恩也。"他怎会不懂元春的痛苦?但是对贾政来说,承受皇恩,以一女换得满庭富贵,比元春是否婚姻如意更重要。贾、王、史、薛四大豪门,上到贾母、王夫人、薛姨妈,下到王熙凤、元春、探春、薛宝钗,不都是政治联姻吗?就连"二木头"迎春还被变相换了五千两银子。

唯贾敏例外。

林家在姑苏,贾敏从金陵嫁过去,相距不远。林如海五世袭侯,他本人是探花,被钦点为巡盐御史,既有钟鼎之家的显赫富贵,又有书香之族的雅训知礼。林家势力不及贾府是真,但也不会委屈了贾敏。支庶不盛,没甚亲支嫡派,这世人眼中的缺点对当家主母来说未必不是优点。这一点,贾母恐怕最有体会。她在荣国府从重孙子媳妇一路做起,一直到自己有了重孙子媳妇。敬长辈,礼平辈,护晚辈,理家治齐,她得多么能干能算会说、三头六臂才能有功无过,换得一个其乐融融、上下欢喜。这一路的辛苦,她心知肚明。贾敏下嫁的林如海,手里不缺银钱,人际关系简单。这门亲事,贾母为贾敏着想。

贾母看重的是贾敏的幸福。从某种角度来说,她为了女儿,曾经撇下世俗功利,甚至不惜与时代风潮相对抗。想象一下,当年为此,她是怎么游说丈夫贾代善的?得多么费思量,多么有勇气,多么执着才能成功。若干年后,贾母对黛玉说:"我这些儿女,所疼者独有你母。"这是真心话,她这么说,也做到过!

【教育智慧点拨】

真爱没有门槛,更不会把对方当成交换的筹码。

【教育随笔】

我们是认认真真的两个彼此独立的人

2020 年春节后不久,女儿过十八岁生日那天,我写了一首《平等宣言》贴在墙上。

> 过了今天我们就平等了
> 真正的平等
> 一个大人和另一个大人
> 一个女人和另一个女人
> 只要春天的花
> 开出的不是冰凉的雪
> 我们就认认真真地做两个
> 独立的人

这首诗表达了一个意思,高三是孩子自己的,她可以自由选择度过的方式,同时也将承担选择带来的责任。

一、网课后的沉默

女儿看到这首短诗后果然生活、学习都更加自立。2020 年春,全国的学生都上网课。教育平台与信息技术帮助学生把学习生活安排得很紧凑。疫情下的社会就是一本打开的语文书、德育书、信息书、人生成长书。我不想让女儿只关注课本,漏掉社会热点,于是每天趁吃饭的时间见缝插针,给她讲一讲新闻。这种饭桌上的信息交流曾被我认为是很好的教育契机。果然,女儿获得了丰富的知识,但是慢慢地我发现,我说得越来越多,女儿主动开口却越来越少。居家隔离期间,白天家里只有我们两个人,一个不说话,一个唱独角戏,甚是无意趣。终于有一天我忍不住抗议了。女儿说:"如果你不老是讲话,我就会开口说话。"

可是叛逆期的孩子哪有那么多话同妈妈讲,我开始学着沉默,并没有收获对方的知无不言,言无不尽。她更多地用手机与同龄人交流。娘俩在同一屋檐下,反而相对无言。这样过了几天后,我的情绪也出现了问题。居家隔离造成的心理创伤以无名火的方式在身体里乱窜。我需要把坏情绪宣泄出去,又不想伤害亲子关系,于是又写了一首短诗,用便利贴贴在墙上。

如果我不说话

你会开口说更多的话?

更多的话是什么意思?

像今晨的英语成绩

像艺考推迟到高考后

这些信息作为头条炙手可热

却一点也不能温暖我的心

我需要抱抱你或者被你抱

需要两个人一起抵御

倒春寒的荒凉

疫情的恐惧

　　　　春天有花要开，地上攒着冬天的雪

　　　　你沉默，我沉默

　　　　相同的沉默是否有相同的质地？

　　感受到我的情绪，女儿主动把自己的一篇作文《疫情考试之思》拿给我看。

　　暴发于 2020 年初的新冠疫情就是一场非同寻常的考试。

　　这次疫情考试中，每一位奋战的医护工作者和配合抗疫工作的人民群众都交上了令人满意的答卷。医院是抗疫的主战场，医护人员都是保卫我们的战士。无论是在疫情重灾区的志愿队，还是在其他城市严防死守的志愿队，他们都尽自己最大的努力保护我们平安。有一位经历过汶川地震的护士刘佳，不愿告诉家人，报名援助武汉。她报名时动情地说："因为我是汶川人啊。"这样的话，这样的人，这样的时代，让人动容。我们共同面对这场考试，我们应为所有交上满分卷的医护工作者鼓掌，表达我们最真诚的感谢！

　　同样，普通群众在抗疫过程中也做出了令人满意的答卷。多数人不能奋战在一线，却尽了自己最大的一份力。湖北大量外卖小哥、出租车司机等，利用自己的职业优势，为医院提供运输、医护人员的用品配送和上下班接送等服务。山东寿光农民连夜采摘新鲜蔬菜，将最优物资送往灾区。普通群众居家隔离不外出，不扰乱社会秩序，不给灾情添乱。这样的例子太多了，我们看到了感恩、奉献、无畏和

理解。每个人能力不同，但都交出了令人满意的答卷，我们
应为自己鼓掌！

这篇文章体现的世界观、人生观、价值观非常正，其中很多内容
孩子并没与我讨论过，但看得出来她没有死读书、读死书。我大可不
必一到吃饭就向她灌输时政教育。而她课余与同学聊天也不尽然是
浪费时间。我很惭愧，说要给女儿自由和独立的空间，而因为不放心、
不舍得放手，到头来却给亲子关系带来困扰。此后，我就放松多了。
女儿也在茶余饭后多了很多说说笑笑，家庭气氛变得不再压抑。

二、爱，就接纳全部

女儿到了高三很用功。晨起、午睡、晚修都设闹钟自我提醒，按
时完成作业，晚上学得越来越晚。随着高考的临近，她学习越来越辛
苦，当然成绩也越来越有进步。饶是如此，在高考的千军万马里，竞
争还是非常激烈。

女儿是美术艺考生，本来春节一过就要参加校考，为此她在年前
特意住到画室里不眠不休地拼命准备。谁知疫情一来，大多数高校
取消校考，直接用各省美术联考成绩录取。由于此前文化课早就停
课，女儿要在春节后重新拾起高三一轮复习，学习难免吃力。除了咬
牙坚持，拼命记忆，习题训练，没有更好的方式。作为妈妈，我最重要
的工作是给她做好后勤保障。

全家人都在竭尽全力，但是女儿成绩平平。尤其令人困惑的是，
我和她爸爸当年都是数学学霸，偏偏女儿数学学得最吃力。她喜欢
政治，关注国际动态，对很多国际问题有自己独特的见地；她也热爱
音乐，会弹古筝；喜欢文学，读过大量的文学名著；擅长绘画，接受了
专业训练。此外，这个孩子热爱辩论，擅长表演，在这两方面积极参

加学校与班级的活动，得到过一些奖励。她情商高，善解人意，又善良谦让，对人宽容，对事志虑忠纯，从高三复课第一天，女儿带回了很多同学送的生日礼物就可见一斑。加德纳多元智能理论提出，每个人身上至少存在八项智能，即语言智能、数理逻辑智能、音乐智能、空间智能、身体运动智能、人际交往智能、自我认识智能、认识自然的智能。对比这个理论，我的女儿在很多智能上有优势。但是当下，她的优势智能好多在考场上不算分，她的弱势智能会倒扣分。基于此，我对她说，高考最重要的是尽力拼搏，日后回想，觉得内心不后悔。我和她爸爸认为，女儿综合素质比较高，尽管现在她的优势不能被及时评价，但是从长远看，未来的她，会有很大的可持续性发展力。所以我们要帮助她学习，但是不用成绩衡量她，要督促她进步，接纳她的全部。这成为我们夫妻的共识，也是家庭教育的底气和自信。

三、不把孩子视作生活全部的重心

陶渊明和李商隐在中年时各有一首诗论及孩子。陶渊明写他的孩子"不好纸笔"。"通子垂九龄，但觅梨与栗。天运苟如此，且尽杯中物。"李商隐恰恰相反，他的儿子"美秀乃无匹"。"四岁知姓名，眼不视梨栗。"两个孩子对比，显然，李商隐的儿子更优秀。但李商隐对儿子说了一番语重心长的话，大体意思是自己从前喜欢读书，勤奋刻苦独自著述，如今憔悴，所以千万不要学阿爸读书应举，应去学学兵法，做帝王之师，用武功博取万户侯，不要一辈子死守一部经帙。作家闫红在《陶渊明这样的爸爸》一文中说："将老陶与小李做对比，我更愿意有一个前者那样的父亲。他不把我视作生活的重心，他也不会要求我如何如何，而是把整个世界留给了我，由着我可着劲折腾，成功或是失败，头破血流或是功成名就，都不要紧，没有忧虑的、沉重的眼神在后面坠着，我是被偶尔抛到这个世界上的自由人，不必精打细算。"

闫红的观点很适用于自我意识强的我女儿这样的高三考生。其实回想我当年上高三时，父母不懂教育，也不在意我能不能考上大学。他们该干什么还是干什么，我没有额外的压力，反而会放开手脚大胆拼搏。而当下我们这些考生家长，如果焦虑、小心翼翼，把孩子捧在手心里，生活上事事以孩子为中心，肯定会让孩子背负上两代甚至三代人的情感、期待。这些有意无意、自觉不自觉的心理压力，加在孩子身上，孩子怎么能跑得快、跑得远呢？

家长不如努力工作，热爱生活，用身教来影响孩子。就像我开头说过的：

我们是
一个大人和另一个大人
认认真真的两个彼此独立的人

"永远正确"的王夫人

王夫人似乎一直生活得很正确。

刘姥姥来打秋风，王夫人一下子赏一百两银子，怜老惜贫，人人点赞。贾母接纳了很多女孩子放在身边亲自养育，孤儿林黛玉、孤儿贾惜春、命苦的贾迎春……后来人太多了，只留下黛玉，惜春、探春和迎春就送到王夫人那里，跟着王夫人成长，受王夫人教养。王夫人对她们都不错，"二木头"迎春最"心静"的人生时光就是跟着王夫人过的。

作为当家媳妇，王夫人维护家族利益，保护门庭清明，保障宝玉健康成长，初心正确，做了很多好事。但是在她的麾下，丫头金钏投井，晴雯暴死，司棋、入画、四儿被撵，芳官、蕊官、藕官出家。认真算起来，几条人命丧在她的手上，花季女孩子的大好青春被空门吞噬，她造的孽也不少。

金钏与宝玉调情，有错在先，王夫人打、骂、撵都正确。但是金钏由体面的大丫头到瞬间被撵走，角色转换太快了，缺乏心理缓冲。尽管金钏身份低贱，王夫人有权力把她像一块抹布一样毫不留情地扔掉，可是金钏投井自尽，这对女主人也是有杀伤力的。吃斋念佛的"女菩萨"的贴身丫头投井自尽，好说不好听。

王夫人攥晴雯的罪名是教习坏了宝玉，但并没有证据。她只是看不惯晴雯的样貌、打扮、行事。贾政就是被好看、苗条的赵姨娘迷住的。婚姻丛林里，王夫人动不了赵姨娘，还动不了晴雯、四儿、芳官吗？于是她到怡红院大发淫威。晴雯其时正病得下不了床，被攥后，万念俱灰，很快就死了。晴雯气性也不小，要是气力足够，说不定也会投井。宝玉因羞辱、惊恐、悲凄，大病一场，王夫人心中自悔，却不动声色。她正确惯了，对自己的认知就像宝钗劝慰的那样："姨娘是慈善人，丫头纵然有气，也不过糊涂，不为可惜。"

王夫人生活的年代，丫头可以买卖，在主人眼里，算不得真正的人。贾府里只有宝玉拿着丫头当人看。王夫人向黛玉介绍宝玉时说他是"孽根祸胎""混世魔王"，这评价，用于王夫人自己倒很合适，但是王夫人不这么认为，她的自我评价应该是"永远正确"。

【教育智慧点拨】

恶之花绽放的土壤不一定贫瘠。把人工具化的背后是缺乏善良与仁德之心。

【教育随笔】

家校沟通要关注家长的心理需求

寒暑假期间，学生作业完成率引发教师群体的普遍关注。实践发现：家校互动的质量与作业完成的质量基本成正比。所以某种程度上，作业完成率的关键不在作业本身，而在于家校互动的质量。那么寒暑假中，教师如何与家长、学生积极互动呢？这需要教师关注家长的利益边界与心理需求。

家长是社会人,自然有利益边界。家庭收入稳定,孩子健康快乐,家庭成员幸福美满,这就是家长最基本的生存利益边界。

疫情防控期间,有的家长骤然失去工作,不得不人到中年从头打拼;有的家长工作繁忙,难以顾及家庭。如果这些忙于生计的家长的孩子在网课期间因为缺少大人的陪伴和监督而不好好上课、不写作业,那么教师就要关注到。对这个家庭来说,生存是当下,是急务;孩子是未来,是愿景。皮之不存,毛将焉附?

有的家庭物质无忧,但是家长把家庭安全和谐、孩子快乐成长当成家庭的边界,绝不会因为教育弄得亲子关系紧张。这可能使得他们有意无意回避孩子在成长中出现的问题。面对这样的家长,教师如果不能提供愉快的情绪价值,就不要轻易去冒犯对方的情感安全边界。

上述两种教育现象其实都是家长最基本的需求——生存需求、安全需求的体现,也是家校合作的现实基础。教师、家长、学生三方的利益理论上是一致的,但是距离核心利益点的位置不同。教师看清自己的位置,才不会打着“我是为了你好”的正确旗号冒进。家长的生存需求、利益边界被看见、理解、尊重,他们的心扉才能向教师打开。

此外,家校沟通也是社交的一种,需要双方互相尊重、互利互益。有的家长因为孩子学习表现不好,不好意思跟老师联系。教师如果站在“我的付出是为了你的孩子”的道德高地上居高临下,家长更心生畏惧。虽然家长是学生的第一监护人,但是家长的人格、尊严与教师一样是独立、平等的。这种情况的反面是,有的家长可能因为种种原因并不把教师放在眼里,场面上的尊重也达不到,这也不利于家校沟通。

个别家庭的父亲会有大男子主义倾向。他们认为管教孩子是女人的事情，所以很多男孩子由母亲带，直到初三还是很听话的。等到上了高中，他们的身高、体重、学识、见识都远远超过母亲的时候，母亲的教育无力就出现了。这时候父亲如果不接过教育的接力棒，以尊严、责任、坚持、自律来引导孩子成长，孩子就会出现很多问题——懒惰、沉溺于电子游戏、说谎、缺乏意志力、任性胡闹……这种情况下，教师与母亲的沟通往往是无效的。纵然母亲开诚布公，但是改变不了父亲缺失导致的家庭教育无力状态。如果父亲能放下大男子主义，接过教育接力棒，困境就会从内部被打破，父亲会带动整个家庭的成长。

曾经有位父亲，在孩子高中三年读书期间亲自管教儿子。这位父亲是普通的工薪阶层，文化水平没有儿子高，他做的最多的就是每天接送。但是他儿子一直贪玩，成绩没有什么起色。临高考前三个月，孩子突然开始好好学习了。原来高考临近，这位父亲愁得睡不着觉，早晨五点坐在马路边上抱着头发呆，被邻居发现了。邻居把这件事告诉了他儿子。孩子听说后，哭了，一下子有了奋斗的劲头，高考考上了本科。进了大学，这股子劲头还在，他改弦更张，好好学习，发展得相当不错。

柳湘莲缺失的婚姻教育

柳湘莲被薛蟠误会成一个以色侍人的人。柳湘莲先回避，后忍耐，忍无可忍，引诱薛蟠出城门，选苇塘，下轻手，听告饶，走他乡……一整套组合拳打下来，把薛蟠收拾得服服帖帖。在平安州地界，薛蟠同伙计贩货物，遇见一伙强盗，已将东西劫去。不想柳湘莲来了，赶散贼人，夺回货物，还救了薛蟠性命，两人结拜了生死弟兄，一路进京。江湖救急、化干戈为玉帛，柳湘莲也做得到，说明这个人道行不浅。

在平安州，柳湘莲偶遇贾琏，两人本不熟，听贾琏欲为绝色小姨尤三姐保媒，而柳湘莲娶妻首要条件就是绝色，他立刻拿出祖传"鸳鸯剑"下定。后来柳湘莲听宝玉说三姐是东府尤物，与之厮混过，马上悔婚了。这轻易的反悔把尤三姐对于爱情和生活的梦想击得粉碎。她愤而自刎，柳湘莲看到她如此刚烈，悔不当初，自己也出了家，上演了一出血淋淋的青春悲剧。

问题出在哪里？在柳湘莲缺失的婚姻教育上。

婚姻教育是青少年的一门必修课。如宝玉的太太必是荣国府未来的当家媳妇，贾母说，不管根基富贵，只要模样性格儿难得好。这便是贾母的婚姻教育——娶妻当娶贤。

而且大家族里父母之命、媒妁之言是一定会有的。

柳湘莲原是世家子弟，读书不成，父母早丧，素性爽侠，不拘细事，酷好耍枪舞剑，以至眠花卧柳，吹笛弹筝，无所不为。他年纪又轻，生得又美，爱绝色女子原本无可厚非，但是在平安州私定终身大事时首求绝色，就显露出他缺失了婚姻教育，他不懂妻贤是第一要务。

绝色也算一种资本。柳湘莲在第四十七回曾对宝玉说："你知道我一贫如洗，家里是没的积聚的，纵有几个钱来，随手就光的。"那么面对绝色，柳湘莲除了一颗重然诺的真心，再拿什么对等交换呢？

【教育智慧点拨】

"从前的日色变得慢，车、马、邮件都慢，一生只够爱一个人。"这句诗不适用于柳湘莲这样的侠客。但是从古至今，重然诺都是侠客重要的道德标准。

【教育随笔】

长情令生命结实而丰盈

甄校长的先生生病生得时间长，长到大家有时候几乎忘记了他原来会吹箫、吹笛，爱唱歌，会武术，会自制家具，练武的身姿和手形特别专业。大家都觉得甄校长很不容易，尽管她不怎么提自己的辛苦，但是她照顾生病的丈夫几十年，不仅身体劳累，精神上也缺少必要的对话，还要时不时担惊受怕。她帮助两个儿子成家立业、娶妻生子，做孩子们精神上、物质上的支柱，还在学校当校长统揽全局，想一想就知道甄校长这些年比同龄人多付出多少辛劳。

但，这些不是打动我的最主要的东西。最打动我的，是甄校长悼念丈夫的文章。七十多岁的她敞开心扉，让我们看到她的生活不仅仅是照顾病人，还有那么多或美好或烦恼，或辛苦或惭愧的细节。羡慕甄校长夫妻二人年轻时连大衣橱都是自己用废木柴做的，他们对家庭、对彼此爱得全力以赴，爱得义无反顾，爱得纯粹。他们日子里的乐，再稠，都不是一个人独享；苦，再浓，也不是一个人独吞。20 世纪 70 年代，他们的生活里缺乏很多物质，但是在家庭内部，他们彼此没有地盘意识，没有婚前婚后经济上、心力上的算计。他们爱得专一，矢志不渝；爱得纯粹，有着当代人梦寐以求的高品质精神生活。试看甄校长的几段日常记录：

　　我当时佩服得五体投地。油漆干了以后，摸着光滑漂亮的桌面，看着样式新颖的方桌，这真称得上是一件艺术品！这么多年我们家买过的所有家具，没有一件能与之相媲美。

　　在昏黄的电灯下，你穿着藏蓝色的背心，耳朵上架着一只工具笔，坐在长长的工具凳上，身下反扣着一把沾满木屑的推耙，眼睛瞄着手中的木料是否平直。

　　四百二十多块钱，这可是一个人一年多的收入啊！录音机取回来了，你高兴得不得了。

　　一家四口人坐在阳台上，我给你沏上一杯茶，你呷上一口，就开始了你的独奏音乐会，口琴、箫、笛子，轮番上阵，吹到我们会唱的曲子，我们就跟着你合唱，那是何等的享受。

带孩子去大海游泳,四个人都下水,两个孩子在水里撒欢地乱扑腾,我们俩一人负责一个孩子,教他们学憋气、学漂浮、学游泳,一个大浪打来,我们手拉着手,一起跳起来,跳过了一浪又一浪,那高兴劲就甭提了。

我们俩不舍得吃,先紧着孩子们吃,后来狠狠心再要上一盘,我们也尝尝鲜,那叫一个美呀,到现在我还记得那个味儿。

他们婚姻的起点和每一对夫妻一样,夹杂着世俗的考量,做了夫妻,就一起抗击着外部物质世界的贫困。他们一起抚育孩子,一起省吃俭用,一起手制家具,燕子衔泥一样一点一点建造一个家。生活是艰难的,但是他们感情越来越好。在这个过程中,两个人抛去了世俗的外壳,深情又长情,真正的爱就在地久天长的磨砺中产生了。他们毫无保留地爱护自己的爱人,毫无保留把爱护爱人当成人生重大的责任,把日子过成力与美的协奏曲,把自己的婚姻打造成结结实实、密不透风的不锈钢。

爱在甄校长的日常记录中展现得淋漓尽致:

你总是很体谅我,理解我,宽容我,从不对我发脾气,只是默默地倾听。有时我外出回来晚了,感到很内疚,你总是安慰说:"不晚,我不着急。"

出发前我尽可能把五天的吃、用给你准备好,让你能够自己照顾好自己,但也难免不周全,你对此却一点也不在意。当我回来后看到你安然无恙,不安的心才算放了下来。

想起这些事，我就觉得你宽容、大度，心地善良，善解人意，我自愧不如。

在家里，虽然有时烦你，但对你的生活起居，吃喝拉撒绝不掉以轻心。不管多脏多累，我都会及时处理，按时给你刮胡子、洗澡、修剪指甲，让你干干净净、舒舒服服。

带着你一起去住院，我俩住了一个两人病房，我一面接受治疗，一面照顾你。

睡觉也特别警醒，只要你有一点动静，我会马上起来看看，你多次从轮椅或床上摔到地上，我都是拼尽全力，想尽一切办法把你扶起来。

感觉力不从心，我就同你商量再给你找一家老年公寓，你还是那么痛快地答应了。

人生，总要有一次长情，生命才结实而丰盈。很多人做不到，不是不想，而是同甘共苦、不离不弃太难了，这是强大的灵与肉才能拥有的能力。很多人在风吹草动的时候，就逃之夭夭，而甄校长留了下来，沉入苦难，又用一支笔把自己拯救了出来，处苦自甘，领悟到生活的美与力量。

【8】

总得和黑暗打交道

《红楼梦》里，迎春嫁给了"中山狼"被虐待而死，秦可卿自缢而死（俞平伯观点），尤二姐吞金而死，尤三姐自刎而死，香菱、晴雯、柳五儿、龄官病死，金钏投井而死，鲍二媳妇上吊而死，瑞珠触柱而死……

她们的死因多样，不外乎三种。

（1）气病。香菱被欺压，晴雯、柳五儿被冤枉，龄官年纪轻轻被囿于"梨香院"不得自由。这些年轻女孩子的生命在人生的某个阶段都被一个人或者一件事牵制，气恼，折磨，伤身，最后一命呜呼。其实人生不如意事十之八九，如果稍多一点韧性，也许"守得云开见月明"也未可知。比如晴雯，病中勇补"孔雀裘"，却被冤枉教习坏了宝玉而被撵回兄嫂家。虽说落山的凤凰不如鸡，但她也并没有像彩霞、司棋那样被逼着胡乱嫁人。如果能把病养好，凭着模样、女红、忠心、伶俐，重返贾府大有可能；如果有野心，潜心等待，或许会有更好的际遇，未必就是别人鞋底的泥。当然前提是活着。

（2）羞愧。金钏、鲍二媳妇、秦可卿、尤三姐的死都含有羞愧的成分。她们做了不被世俗接纳的事，被人发现，羞愧至极，自杀谢罪。封建社会对女性历来比对男性严苛。她们当初既然敢说错话、做错事,那么心里必有与之相匹配的收拾残局的准备。社会不接纳,自己还可以接纳自己,只是事前要想清楚能不能承受住社会压力。

（3）绝望。尤二姐、瑞珠、迎春都遇到了扼住命运喉咙的关键"他人",对方势力太强,斗不过,死反倒成了解脱。但是能不能换一个思路,暂时向这个强大的"对方"靠过去,争取活下去呢?总有机会逃,实在不济还可以鱼死网破。像迎春那样忍耐,甚至不敢当着孙家人的面哭泣,才是对死真正的辜负。

真正成熟的人不仅能跟光明打交道,还能跟黑暗打交道——别人的黑、自己的黑、环境的黑。死和生一样都是绝对孤独的,需要忍耐痛苦。"花落人亡两不知"前至少得看看,那黑暗中最黑的部分到底是什么,否则多么亏!

【教育智慧点拨】

很多人爱跟别人比较,殊不知人生最大的较量是生命与生命的较量。如果生命都没有了,那还比什么?

【教育随笔】

那时候,我只要你活着,好好活着

莫泊桑写,人生是多么奇怪,一件小事可以成全你,也可以毁灭你。突如其来的新冠肺炎疫情影响部分大学的美术校考。女儿是美术生,喜欢去综合类院校,而综合类院校的校考因为疫情纷纷取消。这意味着,美术联考后,她每天拼到凌晨一两点的四十天美术集训白费了,春节前殚精竭虑安排的校考行程,精确到每一顿饭在哪里吃的统筹也全白费了。

2020年2月9日,网课开始,女儿的文化课已经停了小半年,很多知识她忘得差不多了。虽然她在努力跟进,基本上没被任课教师找家长,但是她每天眼睛盯着屏幕,晚上十二点以后才睡,还是让做家长的揪心。好在教育部很快公布高考延迟一个月,这是宝贵的一个月。女儿状态比较稳定,按部就班地备考。

学校的课程安排像工业流水线,每个人置身其中身不由己,高速运转。作为家长,我除了卡着时间节点按时做好饭,请人有针对性地辅导她,也没有别的办法帮助孩子。闲暇时候,手机是重要社交工具。我不怎么限制她用手机,体谅她是独生子女,跟父母有代沟,又没有兄弟姐妹,又出不了门,手机可以解决孩子的部分情感需求。美术生的数学本来学得就吃力,有些题不会做,如果不上网搜,怎么能知道解题步骤?当然,我也时不时地提醒她该学习了、该睡觉了,点到即止,并不过多强调。

2020年4月15日,青岛的高三开学了。班主任老师和任课教师的辛苦可视可感,青岛十七中的老师们非常负责任,给孩子们最周全的呵护。我则在家里按时填写表格、缴费,做一些辅助性的属于家长的工作,与女儿只在早晚两个时间段接触,信息多靠孩子在家时对其察言观色进行猜测,自己对她未来的担心全部藏起来。

有朋友告诉我一所澳门的大学在招生,如果成绩在山东自招线以上可以就读本科,如果差一点儿也可以读预科班,各种费用加起来一年十几万元。这个学费还勉强可以接受,只是生活的其他开支必然需要紧缩。这个信息,这所学校,在女儿前途未卜的时候像一根救命稻草一样吸引着我。查阅了招生简章后,我和先生毫不犹豫地交上了报名费,像是有了一条退路,天地突然宽阔,心也舒展起来,同时喊停了交了押金的装修工程,搜集现金来应对女儿将来到澳门读书的开销。女儿并不知道这所学校的底细，只是听说有机会去澳门读书，很高兴。

疫情让我想起一句诗：世间事，除了生死，哪一件不是闲事。哪怕重要如高考，也概莫能外。听完有关部门组织的几场关于教育的报告之后，我的压力突然轻了，不管怎么说，疫情中，我们都还活着；孩子虽然高考备考辛苦，也活着。活着，就有机会重新翻盘。留得青山在，不怕没柴烧。也就在听完那几场报告后，我对孩子的高考要求全部放下。她如果考不上本科，就读专科；考不上专科，就复读；什么结果我都能接受。这么想着，我面对女儿的笑脸就不是强作欢颜了，而是真正从内心发出的笑容。

5月，女儿开始学到凌晨一点，我夜夜陪着，研究《红楼梦》，把自己交给一次次文章发表。家长有一件可以深入研究的事情可以装载自己的焦虑，这一次写作帮了大忙。先生则负责准备全家人的早饭。

6月，女儿学到凌晨两点，我日日熬夜陪伴，自己也受不了。先生接过接力棒，我则早睡，负责第二天的早餐。任课教师反映女儿状态越来越好，她不但情绪稳定，而且平时不问的问题最后时刻也知道跑到办公室去问。有一天女儿说，吃家里的早餐吃够了，想去学校吃油条，我说好呀。第二天我们起个大早，一起去学校。路上布谷鸟"布谷、布谷"叫个不停，空气新鲜，花香四溢，我们娘俩背着书包像同学一样手拉手一起上学校。学校早餐填饱了肠胃，也温暖了情绪，女儿高高兴兴地开始一天的学习。

这种日子一直延续到女儿高考的前一天，我那时已经预感到她会发挥得很好，因为我们相濡以沫，同甘共苦，奋斗的过程平静而饱满，这种状态下的高考成绩不会超常也必将正常。然而对于成绩，我早已不那么在乎了。我要的不多，只求孩子活着，开心地活着。

黛玉过来，你这个傻妹子

大观园里吟诗，黛玉屡拔头筹，诗才无限。《红楼梦》第四十回，刘姥姥到黛玉的屋子里，只见窗下案上设着笔砚，又见书架上垒着满满的书，道："这必定是那位哥儿的书房了。"贾母笑指黛玉道："这是我这外孙女儿的屋子。"刘姥姥留神打量了黛玉一番，方笑道："这那像个小姐的绣房，竟比那上等的书房还好。"黛玉在大观园的"学霸"生活由此窥得一斑。她一直被贾母宠着——尊贵、舒适、漂亮、娇弱，却并没被贾母真正栽培过。不是贾母不尽心，而是贾母不忍心。在富贵乡里被极尽呵护娇惯，反而失却了生命的强健力，黛玉的母亲如此，黛玉也如此。

宝玉对黛玉表明心迹后，黛玉每每为父母双亡，无人为自己做主而神伤。其实，就算宝黛成婚，黛玉将来的生活又怎么样？有些读者揣测，可能曹雪芹还想将黛玉嫁给北海静王。无论嫁给谁，黛玉都会做一个锦衣玉食的贵妇人。那么贵妇人的生活是怎么样的？贾母从来不对黛玉讲实话，黛玉自己有没有领悟到呢？

下面这段话出自董竹君的《我的一个世纪》。董竹君嫁给了夏之时，进入四川的一个大家族生活。

家里面虽然仆人很多,但是一切家务的操作,像烧饭、洗衣、缝纫、绣花、做糖果、糕点、蜜饯、各种泡菜、过年腊肉、酒菜等等,都要媳妇们亲自带动、操持……经济、子女教育等家务事,都是在每年过了春节的元宵节,(夫妻)商定计划,由我去按步执行的。家事很多,幸而我在日本念书时,曾学习过家政学。

……

每天早晨侍候丈夫出外办公以后,我就开始学缝纫,结绒线,绣花,烧菜,洗衣,还帮助招待亲友。到了晚上,教子侄们读书,帮总管上账;给大模子、大猷侄、国琼女洗完屁股、两脚、拍净衣、鞋、袜……上床后,在菜油灯下扎鞋底,什么都做。免得他们说我好吃懒做。这样,每天都要搞到深夜。虽然,我很累,但为了取得婆婆的欢心,取得家人们的好感,只好一切都忍耐。

夏之时的家族与荣国府在规模上可能不能比,但家族主母所承担的责任,主管的家族事务有很多相类。只要对比一下王熙凤在大观园的生活就可知此言不虚。《红楼梦》第四十一回,王熙凤夹茄子给刘姥姥吃,刘姥姥愣是没尝出来是茄子。凤姐儿马上介绍做法说:"你把才下来的茄子把皮刨了,只要净肉,切成碎钉子,用鸡油炸了,再用鸡肉脯子并香菌,新笋,蘑菇,五香腐干,各色干果子,俱切成钉,用鸡汤煨了,将香油一收,外加糟油一拌,盛在瓷罐子里封严,要吃时拿出来,用炒的鸡瓜一拌就是。"

第三十五回,宝玉挨了打,想吃小荷叶儿小莲蓬儿的汤。凤姐一旁笑道:"听听,口味不算高贵,只是太磨牙了,巴巴的想这个吃了。"

贾母便一迭声地叫人做去。凤姐儿笑道："老祖宗别急，等我想一想这模子谁收着呢。"因回头吩咐个婆子去问管厨房的要去。那婆子去了半天，来回说："管厨房的说，四副汤模子都交上来了。"凤姐儿听说，想了一想，道："我记得交给谁了，多半在茶房里。"一面又遣人去问管茶房的，也不曾收，次后还是管金银器皿的送了来。

薛姨妈先接过来瞧时，原来是个小匣子，里面装着四副银模子，都有一尺多长，一寸见方，上面凿着有豆子大小，也有菊花的，也有梅花的，也有莲蓬的，也有菱角的，共有三四十样，打得十分精巧，因笑向贾母王夫人道："你们府上也都想绝了，吃碗汤还有这些样子，若不说出来，我见这个也不认得这是作什么用的。"凤姐儿也不等人说话，便笑道："姑妈那里晓得，这是旧年备膳，他们想的法儿，不知弄些什么面印出来，借点新荷叶的清香，全仗着好汤，究竟没意思，谁家常吃他了？那一回呈样的作了一回，他今日怎么想起来了。"说着接了过来，递与个妇人，吩咐厨房里立刻拿几只鸡，另外添了东西，做出十来碗来．王夫人道："要这些做什么？"凤姐儿笑道："有个原故：这一宗东西家常不大作，今儿宝兄弟提起来了，单做给他吃，老太太、姑妈、太太都不吃，似乎不大好。不如借势儿弄些大家吃，托赖连我也上个俊儿。"贾母听了，笑道："猴儿，把你乖的！拿着官中的钱你做人。"说得大家笑了。凤姐也忙笑道："这不相干，这个小东道我还孝敬的起。"便回头吩咐妇人，"说给厨房里，只管好生添补着做了，在我的帐上来领银子。"妇人答应着去了。

宝钗一旁笑道："我来了这么几年，留神看起来，凤丫头凭他怎么巧，再巧不过老太太去。"贾母听说，便答道："我如今老了，那里还巧什么！当日我象凤哥儿这么大年纪，比他还来得呢。他如今虽说不如我们，也就算好了，比你姨娘强远了。你姨娘可怜见的，不大说话，和木头似的,在公婆跟前就不大显好。凤儿嘴乖,怎么怨得人疼他。"

一口茄子一碗汤,当家的媳妇得登时说出做法。小叔子要喝,得立时做出来,还要自掏腰包让眼见耳闻过的众人也打个牙祭,满足胃口,满足好奇心,博得长辈的喜欢。王熙凤的反应已经够快了,业务也够熟练了,嘴巴也够甜,饶是如此,当着众人还是出了两次错,被宝钗评价不如贾母。那贾母的手、眼、脑、嘴、心眼儿又该多么迅捷、周全!这还仅仅是对付一口吃食,不算当家媳妇对内安抚各路人心,弹压不服管的"部门经理";对外催促佃户交租、不择手段四处弄钱撑场面。遇到元春省亲,就算腰酸、背疼、腿抽筋,能让有话语权的人满意也算万幸了。

由此,林妹妹写写海棠诗,冠绝海棠社,这才华不是不好,而是分量太轻太轻,承担不起"贵妇人"三个字的内在价值品质要求和外在管理职能素养要求。宝钗留意哥哥出差回来,提醒母亲请帮扶的伙计们喝酒;探春在贾府实行"联产承包责任制";史湘云自己动手做针线。这才是真正的贵妇人的闺阁教育。当然,林妹妹不一定喜欢,宝玉见了也会斥为俗物、死鱼眼睛。从来没有人教林妹妹留意这些俗物,也从来没有人提醒她如何为婚姻而不是为恋爱做准备。贾母爱她,却没从根本上帮助她。宝玉爱她,也没为两个人的将来做任何打算。

黛玉一直在恋爱,爱花、爱草、爱宝玉,她用诗才和纯净的心活成了一个至真、至善、至纯、至美的精神生命。在贾母的翅膀遮蔽下,她看不到大观园根本不是真世界,充其量算"女学生度假胜地"。恋爱的终点是婚姻。只恋爱不问婚姻的爱情,又要落脚到哪里去呢?

不懂这一点,只追求文辞上的优胜是黛玉的局限,也是贾母溺爱的结果。李白那么有才,都感叹吟诗——万言不值一杯水。李白多

么不食人间烟火，也道出了人间真相。林妹妹的青春期教育打开始
方向就错了，大观园里却始终没有人对她道破实情。

黛玉葬花（王雨萱临摹）

【教育智慧点拨】

才华如果不能变成才干，那么就像结不出果实的谎花，到头来竹
篮打水一场空。中国自古以来不缺怀才不遇之人，能实实在在地干
事，成事，才是才华的皈依。

【教育随笔】

落笔得分的才华才是优秀学生真正的才华
——给阿昊同学的一封公开信

阿昊同学：

你好！

看到你这篇充满了雄心壮志的文章，我感到非常受鼓舞。钱锺书说："二十岁不狂没有志气。"你睥睨级部第一，在大家面前说要考到级部前五十，这股勇气令我非常敬佩。

你知道大家非常喜欢你这个开朗洒脱的大男生。在运动会开幕式的表演排练中，你扮演托尔斯泰，含着一个大烟斗，手一挥，说出一串俄语。那气势，那动作，潇洒极了，像极了我们大家心目中的俄罗斯大文豪。有些同学一开始表演时放不开，看到你的样子，他们也找到了自己扮演的角色的感觉。

你是那么热情，谁挨近你都会感到温暖。运动会时你给班级拉来赞助，不仅想着操场上没有水喝的同学们，还惦记着同样渴了很久的家长和老师。每次走在走廊上，老师们与你擦肩而过，你大声地向老师问好，热情爽朗，让我们班的每位老师都如拂春风。班级需要去图书馆拿书了，你第一个跳起来冲出去，扛着一大捆书乐呵呵地回来。担任卫生委员的你不惜力气，大扫除、清洁校园环境卫生区，你都身先士卒，大干特干。虽然有时候在常规学习上你表现得不规范，但是瑕不掩瑜，你热情的性格、愉快的笑容像冬日的阳光让人感到温暖。同学们喜欢你，各科老师也喜欢你。大家提起三班学生亲热老师，第一个提到的就是你。因为有了你和这么多尊师爱师的同学，任课老师来到三班上课都一团欢喜。

数学老师表扬你上课思路特别好。有一次徐老师让你在数学课上主持,你的幽默诙谐让数学课大放光彩。语文课上,你每一次对文章的精彩点评,都让我感慨思路精准,分析透彻。有一次外校老师来上语文课,请同学们给《再别康桥》画一条感情线,你画出来的大大超乎老师的意料,解释得完美合理,让这位老师课后大赞青岛的学生知识面广,思维深刻。我当时坐在你身边听课,虽然平日也教了你一些零零碎碎的文化常识,但是听到你在课堂上即兴把分散的知识点融会贯通,自圆其说,我惊讶你有多么好的整合能力呀,你有多么令人惊异的爆发力呀。

可是本次期中考试,你却在级部"泯然众人"矣。你说:"曹老师,这次我没考好,是我对不起你。"我也黯然。在接下来的班干部民主投票选举中,成绩高的同学票数遥遥领先,你没被选上。我也黯然。

阿昊,偶然的背后都有必然。你将失败的原因总结为你没有使出力气。但是我看到的不仅仅如此。我在你那里看不到一份整整齐齐的语文作业答卷,每周剪贴本你的剪贴也大小、长短不一,而且没有贴在本子上,风一吹就不知飘到哪里去了。阿昊,这就是你位居级部中等而不是优等的原因。

高考的功夫是持久力的功夫,没有扎扎实实的基本功就没有密密匝匝的知识网。知识网有漏洞,将来做套题,成绩就会忽上忽下,题目难一点就发挥失常,容易一点就发挥正常。忽上忽下的成绩会让人患得患失,患得患失会导致心理脆弱、不自信,你刚开始的那份锐气就会受挫,然后自我怀疑,然后更不自信。阿昊,现在你还感觉不到这些,因为高中刚刚开始。到了高三,知识大汇总,往届学长很多人就曾经像老师说的这样。

我不希望你如此。

为什么高中班主任不像初中班主任那样把你叫到办公室面壁，一整天一整天地思过？因为这个办法在高考面前没有用。高考是把一个人从里到外，从个人禀赋、后天积累到家族遗传都翻个底朝天的考试。只有你自己从泥土里发出芽，自己汲取土壤里的养分向上生长，老师的指导才有效。

阿昊，勤奋同智力一样是一种能力。勤奋的孩子要么有大志向，要么有巨大的自我克制力，要么有巨大的意志力。这都是人比较高端的能力。勤奋的学生还有认真的秉性，认真也是一种能力。高中阶段，学习仅仅是一种媒介。通过学习这种媒介，学生要培养的是自己的统筹思维能力、指挥能力、独立解决问题的能力、合作能力、专注力、智力、处变不惊的心理素质、手眼脑协调的能力、劳逸结合的能力……万丈高楼平地起，你要先从好好把自己会的知识落到卷面上、作业本上开始，动笔快，计算精确，卷面有条理，表述清清楚楚，答题明明白白。

阿昊，志气要配上这些才能落地生根。你若懂了，就像一棵大树一样生长，根深深地扎在泥土里。你若不懂，人生就会像浮萍，看着欣欣向荣，可是狂风吹来时，内心的恐惧与无助只有你自己知道。

你曾经说过想报考航空航天大学，你看，那里的专业哪个离得开精准、精密、精确、精细？千里之行，始于足下。咱们先给自己来一个落字得分的能力，你说怎么样？老班为你加油！

祝你进步！

此致

敬礼！

爱你的老班

【10】

侯门之深掩不住探春之"大"

天上掉下个林妹妹,引起的不仅仅是宝玉摔玉、情窦初开这么简单,还有一系列蝴蝶效应,比如贾母垂泪,鹦哥调岗,探春从贾母处搬离跟着王夫人去住了。

黛玉受到了王熙凤大力夸赞:"天下真有这样标致的人物,我今儿才算见了!况且这通身的气派,竟不像老祖宗的外孙女儿,竟是个嫡亲的孙女。怨不得老祖宗天天口头心头一时不忘。"这外孙女来了,立刻被贾母留在身边,受到专宠。哥哥贾宝玉眼里、心里也全是林妹妹,探春这个亲孙女、亲妹妹反而靠后了。但是纵观《红楼梦》全书,探春从来没有因为嫉妒林黛玉而生气。她安安稳稳地住在王夫人身边,尊敬嫡母,暗中学习治家理事的本领,留意荣、宁二府各类人的品、行、言、谈。她进驻大观园后主动发起海棠社,邀请黛玉、宝钗等姐姐妹妹参加,并在评判诗歌高下的时候秉持公正。甚至高鹗在后四十回写黛玉之死,也是安排探春前去探望料理。真真一派大家闺秀风度,襟怀坦荡、阔达宽爽、风节响亮。

那么,探春为什么有这样大的胸襟?让我们沿着探春的言行举止一探究竟。

第四十回中有描述,"探春素喜阔朗,这三间屋子并不曾隔断"。

这个房屋结构与中国传统是不相符的。三间屋子不加隔断，屋子里面视线开阔，主人非有巨大的能量气场难以驾驭，这恐怕是探春磊落坦荡的物质基础。

房间里"当地放着一张花梨大理石大案，案上磊着各种名人法帖，并数十方宝砚，各色笔筒，笔海内插的笔如树林一般。那一边设着斗大的一个汝窑花囊，插着满满的一囊水晶球儿的白菊。西墙上当中挂着一大幅米襄阳《烟雨图》，左右挂着一副对联，乃是颜鲁公墨迹，其词云：烟霞闲骨格，泉石野生涯。案上设着大鼎。左边紫檀架上放着一个大官窑的大盘，盘内盛着数十个娇黄玲珑大佛手"。大案、大花囊、大幅字画、大鼎、大盘，连佛手也是大的。六个"大"字反复强调，可见探春除了房子体量大，日常用具也"大"。这反映了什么？反映了探春姑娘身心非常健康。

她虽然吟诗弄词的本事比不上黛玉和宝钗，但是黛玉是风吹吹就坏了的美人灯，常年吃"人参养荣丸"，宝钗也有疾病，常年吃"冷香丸"。仆人兴儿在第六十五回里对钗黛有一个评价，说见了两位姑娘，大气不敢出。"气大了，吹倒了林姑娘；气暖了，吹化了薛姑娘。"而对探春，兴儿评价她是玫瑰花——又红又香，无人不爱的，只是有刺戳手。这不正是大家闺秀最好的人格表征吗？所以王熙凤领着下人检抄大观园时，宝玉对晴雯、迎春对司棋、惜春对入画纵有满腔不舍，在王夫人的盛怒之下也是战战兢兢，不敢多言。而探春秉烛而待，发表了一番理性十足、颇有远见的家族忌讳纲要："大族人家，若从外头杀来，一时是杀不死的。这是古人曾说的'百足之虫，死而不僵'，必须先从家里自杀自灭起来，才能一败涂地。"这段话着眼的是整个家族的发展，表达的是探春对荣、宁二府几百口人前途命运的担忧。这话不仅批评了执行抄检的王熙凤，也警醒了策划者王夫人。探春尊重王夫人,但是更尊重大家族发展规律,胸中有大丘壑才能有家族全局观。从这番话中可以看出,她不是一个普通的三丫头,而是一个理性,有远见卓识、胆识,说话掷地有声的"参政者"。

身心健康的探春除了胆子大,还聪明懂事。贾母因为贾赦要娶自己的贴身丫头鸳鸯而大发雷霆,王夫人站在一边被贾母错怪,不能替自己辩解,大家都不敢吱声,独探春出言为王夫人鸣不平。中秋夜,众人不堪疲累早已散去,她留下和王夫人陪着贾母,让贾母怜爱心疼。她管家期间,奶妈们聚赌惹怒了贾母,她自己将管理不善的责任独力承担下来。所以王熙凤病倒后,荣国府无人打理,王夫人不计前嫌,让她一个未出阁的小姑娘管家。在富贵心与势利眼的包围中,探春帮理不帮人,秉公办事,让下人佩服。她在宝钗的帮助下在大观园里实行"承包责任制",兴利除弊,锐意改革。这番大手笔,初衷是让荣国府从颓势中振作起来。她心底无私,连王熙凤也暗暗佩服,予以配合。

这样的探春,外表是玫瑰花,内里是要干出一番丰功伟绩的花木兰。她自己慨叹可惜不是男子,如果是,荣国府的振兴还真得靠她。探春后来远嫁藩王,未尝不是上苍对她要做大事、干事业的丰厚回报。

这样一个心怀天下的大家闺秀,怎么会和林黛玉在进退间做小儿女计较?这不是她的风格,这不是她的胸怀!

【教育智慧点拨】

探春一直相当有格局。她对家族发展站位高,看得远,有眼界;对同伴有包容,无嫉恨。这种性格的人才能摒弃"小我",走向"大我"。对于青春期的女孩子来说,摈弃身上的"娇、骄"二气,以要做一番事业的大女人之心面对世界,面对周围的人群,才能达到探春的境界。

【教育随笔】

那些年流过的眼泪都变成了钻石

2011年9月,在高三致明福彩班,我兴冲冲地准备带着学生们冲刺高考。结果,开学第一天,转走了17个学生外加数学老师,64个人的班级瞬间成了47个人。

那年山东还不可以异地高考,班里有8个东北户口的学生,齐刷刷地回东北高考去了。还有8个学生读文科去了。年级第一的展展立志要去美国,走了。

连年级主任——班级的数学老师,带了我两年的老班主任,因为身体不好也转岗了。

我教了10年文科班,这是第一次带全校最好的一个理科班。身为班主任担负着47个人的升学任务,却被命运弄得——天凉好个秋!

强　硬

因为高考,我变成了强硬派,强硬地把胜利挂在嘴边,把怯懦、恐惧逼走。我鼓励学生,特别是女生,不因恐惧而哭泣。我强硬地摒弃情绪化,强硬地把自信当成面对渺茫未来的第一盾牌。

心像石头一样坚硬。

心像石头一样坚定。

男生变成男人。

女生变成女人。

而我,是一面坚硬的旗帜。

无论学生们是狼还是羊,我们都有锋利的武器。

是狼,就磨尖牙齿。

是羊,就磨尖犄角。

我们用强硬的心把命运拉回自己手中。

展 展

2012 年 2 月,展展参加美国高考,考得不错,有两个月的时间等待大学录取通知书。于是抱着社会实践的想法,展展来到语文组办公室帮忙干活。

展展,用上海人的话说,敲敲头,脚底板响喏。

她不来,我没有出书的想法。这么一个聪明人,整日里在我眼前晃悠,等着帮老师做点事情,让展展编辑本书的想法就这么产生了。这就是后来在学校支持下印制的教学集《诗文载德 求真尚美》和正式出版的《汇涓教学笔存——曹春梅高中写作指导地图》。

书稿刚刚有点模样的时候,展展接到北卡罗来纳大学的录取通知书走了。随后的四个月,修改与等待成为不分昼夜的必修课。出版是一项复杂的工程。学术只是其中很小的一部分。绚琦书记说,经的事越多,懂的事就越多。出版把教师变成学者,把学者变成编辑,把编辑变成电脑前的一块石头,把石头变成一潭沉静的水。

送 考

终于要考数学了,往日的数学老师"辉哥"站在传达室的大树底下。那天他监考,用不着来这么早,我们的送考大巴停在传达室的门楼旁边。"辉哥"神色凝重而安详,静静地在大树底下站着,什么也不问,什么也不说,守护着早早上车的几个学生。

"王老师,您来了。"懂事的学生迎上去,围在他身边。"辉哥"只是笑笑,他的神情有点腼腆,是父亲在表达感情时的那种腼腆;又有点威严,是父亲在儿子面前的那种威严。学生们和他略聊了几句就上大巴了。"数学千万别难了。"有人嘟囔了一句。"越难咱考得越好。""辉哥"回应道。"对。"大家都笑了。

自　信

过程饱满,结果至少正常。

我接手致明福彩班的时候,因为没有带理科尖子班的经验,有人提醒我,接这个班是一柄双刃剑。我不期待学生超水平发挥,只要一切正常。虽然三年来大大小小的考试中,学生成绩起起落落,但是我们始终相信最后关头会创造辉煌。

结　果

三年磨一剑,霜刃未曾试。今日把示君,谁有不平事?

2012年6月24日下午4点15分,我从北京回青岛的路上,手机开始发出接收短信的提示音。滴滴滴滴……47个人中45个考上本科,其中近30个一本。这个成绩是夏日最清凉的一缕风,让教师团队所有成员眉开眼笑。北京交通大学、华北电力学院、西南交通大学、解放军第三军医大学、中国农业大学、电子科技大学、东北师范大学、云南大学、山东师范大学……

日子,腾挪跌宕,像坐过山车。当一切都过去,华彩变成时光的背影,往事深掩,拉着过去的手,才发现那些年流过的眼泪都变成了记忆里闪闪发亮的钻石。

【11】

贾宝玉的孝顺

贾宝玉的孝顺是丫头秋纹说出来的，可见第三十七回："我们宝二爷说声孝心一动，也孝敬到二十分。因那日见园里桂花，折了两枝，原是自己要插瓶的；忽然想起来说，这是自己园里的才开的新鲜花，不敢自己先顽，巴巴的把那一对瓶拿下来，亲自灌水插好了，叫个人拿着，亲自送一瓶进老太太，又进一瓶与太太。……老太太见了这样，喜的无可无不可，见人就说：'到底是宝玉孝顺我，连一枝花儿也想的到。别人还只抱怨我疼他。'……太太正和二奶奶、赵姨奶奶、周姨奶奶好些人翻箱子，找太太当日年轻的颜色衣裳，不知给那一个。一见了，连衣裳也不找了，且看花儿。又有二奶奶在旁边凑趣儿，夸宝玉又是怎样孝敬，又是怎样知好歹，有的没的说了两车话。当着众人，太太自为又增了光，堵了众人的嘴，太太越发喜欢了。"

这段话看得出宝玉很孝顺，他亲自给祖母和母亲送桂花，花浓情更浓，温柔可人心；宝玉还让疼爱他的长辈在众人面前很有面子，也堵住了平日里部分人因宝玉被偏爱而生出的口舌是非。花名贵，面子更贵。

可怜天下父母心。父母对儿女莫不是倾囊而出，对子女的要求却只有一点点。贾母手里的好东西赏赐给宝玉的不少，最有名的是一件乌云豹的氅衣,叫作雀金裘,是"俄罗斯国拿孔雀毛拈了线织的",下雪天穿,金翠辉煌,碧彩闪灼。更有宝玉挨打,贾母以回娘家为要挟,从贾政手中救宝玉于水火。

王夫人对宝玉的要求也不过是"见了外人,必是要还出正经礼数来"。第四十一回刘姥姥逛大观园,乐声穿林度水而来,让人心旷神怡。宝玉斟上酒才要饮,只见王夫人也要饮,却无暖酒。"宝玉连忙将自己的杯捧了过来,送到王夫人口边,王夫人便就他手内吃了两口。一时,暖酒来了,宝玉仍归旧座。"这般暖男,孝顺得多么有细节啊!

【教育智慧点拨】

孝顺不是天生的,而是在儒家文化环境里形成的文化人格,需要后天一点一点地教育与打磨。贾宝玉为什么孝顺?除了天性纯良,更多的是后天潜移默化地受到父母言传身教的熏陶。所以家长朋友们应该和孩子一起读一读《红楼梦》,从中汲取家庭教育的智慧。

【教育随笔】

推开那扇虚掩的门

小时候去祖母家,她家门从来都是虚掩的。顺着暗沉沉的甬道走呀走呀,一缕光洒在脚面上,祖母家就到了。白天,门永远开一道缝。节假日,一家子聚在一起,谈天谈地,谈各单位的事、社会的事。不识字的奶奶用一桌子鸡鸭鱼肉把儿子、女婿、女儿、媳妇、孙子、孙女、外孙联结起来,其乐融融的家族大团圆就启蒙了每个孩子对血缘的认识——骨肉相接,好饭连连。

后来我做了媳妇，读过书的婆婆家的门居然也虚掩着。退了休的教师婆婆的家庭建设思路居然和我的祖母一模一样。用成年人的眼光看，才发现，一家人能好好坐在一起吃顿饭，谈笑风生，谈何容易。

婆婆自小在农村长大，有三个哥哥和一个姐姐，虽然是小门小户，但也是大家的掌上明珠，被宠得不得了。家里不舍得让她干农活，送她到学校里读书。师范学校毕业后，她做了一名教师。在花儿一样的年纪，她嫁到城郊，又随着我公公来到市中心，从此世界的真面目才在婆婆面前真正打开。

她什么都要靠自己，要是闲着手，就歇着牙。她退休后，回归家庭。家庭的温暖和慰藉让她退休后的人生重新焕发青春。特别是有了第三代后，她接接送送，日复一日，兴致勃勃。熬着熬着，熬成了一大家子。她的女婿爱吃饺子，婆婆也爱吃饺子，包饺子的日子，家里热气腾腾，到处欢声笑语。我热爱码字，每有文章发表，婆婆都张罗着到处买报纸，戴上老花镜一个一个字读出声。孩子们都知道，到婆婆家，必有饕餮大餐，于是隔一段日子就主动要求看奶奶姥姥。谁掌握饭勺，谁就有话语权，婆婆成为一家人的"领袖"，一大家人的肠胃都交给她打理。她今天甜晒面包鱼，明天三丝炒羊肉，后天来个鲜肉茄盒……

她把当年备课筛选信息的基本功用到去家门口的早市上筛选土豆、西红柿；把教课融会贯通的本事用来三荤两素营养配餐；把当班主任的善良用来帮来青岛打工的侄女们在城市立足；把对学生无私的爱变成对老家亲戚无私的爱，凡有登门者，虽远必酒肴招待；把带领学生开展课外活动变成带领孙女去郊外远足；把找学生谈话变成鼓励第三代好好学习；把在教坛上奉献给学生的精力拿来照顾好一家青壮年,让他们努力回报社会;把参加教学改革的各种尝试变成一鱼多吃或一肉多做;把当年去外省市学习先进经验的做法用来研究鲁菜川做、川菜粤做。她还勇于尝试,比如主动上网,照着菜谱备齐郫县豆瓣酱等佐料,自己研制水煮鱼。她大胆创新,比如一条大鲅鱼,她白天红烧,下午包成水饺,晚上研究怎么甜晒既不招蚊虫又不馊人。她把与同事的合作变成了与邻居的亲密合作,端午节不会包粽子,邻居亲自登门手把手教她。她把学生小组合作变成了翁婿合作、姑嫂合作、孙女外孙女合作。

在家庭这个圈子里,婆婆不需要评职称,大家会给予她最高的"职称"和礼遇;不需要上公开课,她的每一顿饭都是最好的展示课;不需要发表论文、承担课题,她的每一个菜都是一篇文章,每一桌菜都是一个课题。

家是大后方,是唯一可以敞开心扉、安稳度日的地方。自己人,才会在白天家里虚掩着门时推门而入不必敲,因为,来的都是血肉,眼里含着真情。

贾母的小精明与大糊涂

说起《红楼梦》里的人精，那首先得提王熙凤。能让王熙凤甘拜下风的，那就得是"老祖宗"贾母了。贾母精明，精明在何处？

一、情趣品位高人一筹

王熙凤、薛姨妈都是望族贵妇人，什么没见过？可偏偏见了"软烟罗"，两个人都不认得，只以为是蝉翼纱，经贾母指点才知道这"软烟罗"，又叫"霞影纱"。黛玉窗纱旧了，贾母指点换银红"软烟罗"，让霞影的颜色与窗外青绿竹子遥遥辉映，给苍白的黛玉带来些生气。贾母觉得宝钗雪洞似的屋子寒素太过，让丫头送来水墨画白绫帐子、石头盆景儿、纱桌屏、墨烟冻石鼎。这四样既保留了薛宝钗屋子的素净风格，又去除"雪洞"寒气。贾母在花厅请客，每席设一几，几上设炉瓶三事，焚着御赐百合宫香，又摆放点着山石布满青苔的小盆景，小洋漆茶盘内放着旧窑茶杯并十锦小茶吊，里面泡着上等名茶。还有一色皆是紫檀透雕，嵌着大红纱透绣花卉并草字诗词的缨络……有这等好品位，即便是年轻人也爱到贾母那里去聚、去看、去享受。至于她的音乐鉴赏品位，更是高绝。第五十四回荣府元宵夜宴，她叫芳官唱一出《寻梦》，只提琴与管箫合，笙笛一概不用；叫葵官唱《惠明下书》，也不用抹脸，只在意嗓音和发声咬字。第七十六回中秋赏月，贾母让人隔着水音儿远远吹笛，效果是"明月清风，烦心顿解，万虑齐除"。吃喝玩乐，听戏听书、打牌猜谜、赏雪赏梅……儿孙们会的她都会，她爱玩、领头玩，有见识、有情趣、有品位，释放出高人一筹的精明和生命光彩。

二、世事洞明理家有方

贾母将家事交给王夫人和王熙凤打理，但可不是袖手旁观、诸事不管，她的信息灵通着呢。王熙凤因管制下人被邢夫人打压，眼睛带出哭过的痕迹。贾母不惜得罪儿媳妇，赞赏孙媳妇管家严格。黛玉年幼失母，惜春父亲出家，湘云父母双亡，贾母怜爱她们，把她们接到身边亲自抚养，把她们调教得落落大方，才华横溢。薛宝钗、邢岫烟、薛宝琴……这些年轻的女孩子有关系远的，也有近的，来了，贾母慷慨接纳，赠衣赠物。不仅如此，贾母心思还细。刘姥姥进大观园，众人都闹她，到高潮，贾母没忘了让下人给板儿碗里布满菜。族人喜姐儿和四姐儿是两个穷亲戚，来贾府给贾母拜八十大寿，晚上留下玩。贾母知道贾府管事的男男女女都是"一个富贵心，两只体面眼"，唯恐慢待了两位姑娘，特意派鸳鸯到园里各处女人们跟前嘱咐多多照顾。真是世事洞明，人情练达。

第七十三回，王熙凤病了，探春、宝钗协助理家。贾母听探春汇报下人们守夜聚赌之事，向来温和的她果断出手，亲自查赌。她说："夜间既耍钱，就保不住不吃酒，既吃酒，就免不得门户任意开锁。或买东西，寻张觅李，其中夜静人稀，趁便藏贼引奸引盗，何等事作不出来。况且园内的姊妹们起居所伴者皆系丫头媳妇们，贤愚混杂，贼盗事小，再有别事，倘略沾带些，关系不小。这事岂可轻恕。"赌头查得二十多人，都来见贾母，跪在院内磕响头求饶。贾母擒贼先擒王，先问大头家名姓和钱之多少，后命令将骰子牌一并烧毁，所有的钱入官分散与众人,将为首者每人四十大板,撵出,总不许再入,从者每人二十大板,革去三月月钱,拨入圊厕行内。又将林之孝家的申饬了一番。因为大赌头里有迎春的乳母,迎春面子上不好看,黛玉宝钗纷纷替迎春求情。贾母也不答应,她说:"这些奶子们,一个个仗着奶过哥儿姐儿,原比别人有些体面,他们就生事,比别人更可恶,专管调唆主子护短偏向。我都是经过的。况且要拿一个作法,恰好果然就遇见了一个。你们别管,我自有道理。"只此一次,老祖宗雷霆震怒,贾府门户获得整肃,安全问题获得保障。贾母抓大放小,张弛有度,贾府在她的运筹帷幄之下,平稳度过王熙凤生病的薄弱管理期,贾母不可不谓"人精"。

三、夫妻恩爱儿女双全

王熙凤因为贾琏婚外情不断,费尽心机,受尽委屈,甚至不惜杀人来抗衡。到头来贾琏不但不珍惜她,反而与她离心离德,缘尽情终。那么贾母的婚姻情况怎么样?贾代善与贾母是不是一生一世一双人呢?不然。第五十五回探春理家,我们从旧年账本中可以发现,除了贾母,贾代善家里还有两个妾,外头还有两个妾,另外还有两个外头的女人。这六个人在贾府都是过了明路的,有账可查,她们的娘家人死了可以到贾府公然支银子做丧葬费。这六个还只是有案可稽的,不在册的不知道还有多少。可是贾代善的女人只有贾母生下了儿子,而且是两个。一个世袭了爵位,另一个被皇帝额外赐了主事之衔,入部习学,升到了员外郎。贾母还生了女儿贾敏。在第二十九回,贾母见到荣国公的替身张道士,提起丈夫,马上泪流满面,可见贾代善夫妇感情还是不错的。贾代善家里、外面的莺莺燕燕再多,也不会动摇贾母及其子女在贾府中的经济与政治地位。那么其他六个女人为什么没有儿子生下来?这就是贾母过人的地方。反观王夫人也有儿有女,她的丈夫只有两个妾——赵姨娘、周姨娘。赵姨娘在贾府中最不受人待见,上上下下没有一个人喜欢她,连王熙凤也欺负她。但是就是这样一个"愚妾",不但日日挽留住贾政在自己房里安歇,而且还生出来贾环和探春两个孩子。探春才自精明志自高,后来做了藩王的王妃;贾环不成器形容猥琐,但到底是少爷,多多少少威胁到宝玉的地位。而且探春比宝玉小一点儿,也就是说在王夫人为贾政怀孕生子的时候,贾政就已经筹备纳赵姨娘为妾了。所以后来抄检大观园,王夫人见着身量苗条、体格风骚的丫头就"触动往事",大动肝火,与赵姨娘给她的刺激不无关系。

几番比照,贾母不阻止贾代善纳妾,维持了与丈夫的良好感情,不失封建大家族当家人的贤德;生儿育女,开枝散叶获得世俗的收益;这容人容事儿的胸怀,进退自如的优游,永远立于不败之地的智慧,不是"人精"又是什么?

四、教子无方满盘皆输

那么贾母是不是就是人生的大赢家,引领贾府走向新的繁荣了呢?

不然。贾母的精明对她个人的人生是加分的,让她享尽荣华富贵。但是她的精明对贾府却没有大用。贾家要想继续显赫,仅凭一个元春当贵妃是不够的,贾家的男人们得像荣国公与宁国公一样继续建立赫赫功勋,封妻荫子;或者读书做官,辅佐皇帝河清海晏,为皇权做出新的贡献。

"父母之爱子,则为之计深远。"贾母偏心老二,让老二媳妇当家,惹得兄弟不睦,有悖于长幼有序、子孝弟悌的传统齐家之道。而且当家主母主动颠倒家庭伦理秩序,上行下效,就会生出无数事端。比如孙媳妇王熙凤眼里就敢偷着小看婆婆邢夫人,庶出的贾环生出把滚烫的灯油泼在兄长宝玉脸上的歪心,小厮茗烟敢朝着主子扔东西,迎春的奶妈敢偷小姐的贵重首饰出去典当,丫头芳官敢用头去撞赵姨娘……此外,贾母作为宁荣二府金字塔顶端的领导者,也是拥有绝对话语权的家族文化主导者,有时留下许多不该有的沉默。儿子贾赦为人不仁,为了几把扇子能把石呆子弄得家破人亡,孙子贾琏说了两句公道话居然被打了个动不得,贾母对此不置一词。侄子贾敬倒是考上了进士,承袭了爵位,却又不义,抛弃宁国府族长的责任,出家在道观里清修,贾母不置一词。孙子贾琏无礼,在国孝、家孝期间,偷取尤二姐,王熙凤把人领给贾母看,贾母只笑着说好,对孙子不顾世情伦理、有违国礼家礼的行为不置一词。贾珠死后,贾宝玉不喜读书,又被整个荣国府当成了新的继承人,贾母对他该承担的家族责任也只字不提。贾珍道德败坏,淫乱至极,贾母只是把惜春接到自己身边抚养,对贾珍父子何曾说过一句话!该说的话不说,外人评价贾府"除了那两个石头狮子干净,只怕连猫儿狗儿都不干净"。语言虽有夸张,但也绝非空穴来风。最要命的是,贾珍操办儿媳妇的丧事时僭越朝廷礼制,引起皇权的警惕。虽然贾母整治聚赌明察秋毫,手段霹雳,但是那是管家的本事,是一时一事的能耐,说起为子孙后代的长远打算,贾母的精明就不够用了。

在教育问题上,贾母从来没有在儿子、孙子面前倡导读书的必要性,也没有对他们的人生抱负有过成熟的规划。其实贾母精通音乐鉴赏,却不明白乐不是单单用来取乐的,乐多与儒家思想文化中的"和"相联系,所谓"乐者,天地之和也"。中国传统文化中的"敬""孝""忠""诚""义""智""信""仁""礼"等伦理,俱通过"乐"来张扬、教化、传播。君主以礼治国,官员以礼修身,以礼作为个人安身立命以达到君子境界的必由之路。礼和乐的核心是仁德之心,尊卑贵贱的行为规范、仪式制度背后也需要仁德来填充，子孙人格才健全，家族才能繁衍昌盛。宋代欧阳修少孤，其母用芦荻在雪地上教其识字，让其明晓读书的重要性。后来欧阳修成为北宋文坛领袖，光耀千古。明代归有光的祖母把丈夫用过的象笏送给读书的孙子，激励他在科举考试中要屡败屡战。这些女性，文化水平和才智都未必超过贾母，但是在对子孙家庭教育的大是大非中却是目光长远、守正出新的。家族自然也得到很好的延续。

那么贾母的家庭教育观是什么呢？在第五十六回，贾母说过这样一段话："可知你我这样人家的孩子们，凭他们有什么刁钻古怪的毛病儿，见了外人，必是要还出正经礼数来的。若他不还正经礼数，也断不容他刁钻去了。就是大人溺爱的，是他一则生的得人意，二则见人礼数竟比大人行出来的不错，使人见了可爱可怜，背地里所以才纵他一点子。若一味他只管没里没外，不与大人争光，凭他生的怎样，也是该打死的。"这段话透露出两层意思：一是贾府里的孩子要行出正经礼数给大人争光；二是有了第一条，他们背地里是可以被家族纵容的。在这样一种认知的主导下，贾敬暴死，贾珍、贾蓉奔丧"放声大哭，从大门外便跪爬进来，至棺前稽颡泣血，直哭到天亮喉咙都哑了方住"。但是一转眼，贾蓉到府内见着姨妈尤二姐，和她抢砂仁吃，尤二姐嚼了一嘴渣子，吐了他一脸，贾蓉用舌头都舔着吃了。众丫头看不过，都笑他，贾蓉撇下尤二姐，便抱着丫头们亲嘴……糜烂至极，怎么振兴家业，享千秋万代的荣华富贵！

贾母精明一世，作为贾府的掌舵人，在最重要的家族子弟教育问题上偏偏糊涂得很。这糊涂导致贾府男丁无人成器。元春死后，贾府失去靠山，呼啦啦大厦倾，落了个白茫茫大地真干净。追本溯源，原因是当家人缺乏振兴家业的长远眼光。所以贾母的精明是个人享乐生活的小精明,放纵子弟的大糊涂才是真糊涂,不知她死前是否认识到了这一点。

【教育智慧点拨】

有句老话叫作,不馋金不馋银,就馋谁家有个好孩子。道理不言而喻。然而培养一个好孩子谈何容易,需要占用家长大量的精力和心血,故而很多家长愿意做那简单的教育,美其名曰"顺其自然"。虽然孩子最终都能长大,但是用过心的与没用过心的收成大不一样。

【教育随笔】

用你的方式,稍高一点来爱你

军训时,教官教学生唱军歌,不知怎么教得跑了调。你走到教官面前,拿出工程师画图纸的严谨劲儿,一句一句与教官核对曲调。后来教官说你会唱你来教吧,你就起了个头,结果同学们一开口都会唱,唱着唱着得了奖。

你细心严谨,不惧权威,张口就说,开口就唱,英气逼人,班里有一个这样的男孩儿,我打心底暗暗高兴。你也真争气,近三次考试都名列班级第一。今年四月份,你由进校时的两百名提升到级部第十名。

你的学习、品貌都上佳,外号就叫"上好佳",特别敢于发表自己的意见。比如师生一起到邻近的大学参观实验室,在走廊里等着开门的时候,男生们说笑不已。班主任还没发话,你走过去批评:"你知不知道你出来代表青岛十七中?你这么大声说笑显得很没有素质。"被批评的学生也没有什么异议,大家很快安静下来。

"怎么有这么大的'威力'?"我很好奇,细细观察,发现了一件很有意思的事情。"上好佳"带领全班男生吃饭实行"光盘计划",率先垂范,以身作则。北方的男孩子本来长得就高高大大,中午十几个山东大汉围着讲桌一同啖饭,那场面既壮观又豪迈。这么吃了大半年,大家吃出了感情,吃出了光荣。"光盘计划"拉起全班学生的向心力,带动节俭和团结的班风,凝聚深厚情谊。

我还没来得及高兴,就听到"上好佳"要去美国读书的消息,会考一过,就去考美国高考。这让我一度很失落。"竞选副班长吧,"我还是劝了你一下,"我觉得你有这个精力和能力。你看你不是要去麻省理工学院嘛?不经过副班长的历练怎么能培养自己的领导气质、领导风范?不勇为人先,怎么能进入世界名校?"

"上好佳"有点犹豫,可是想想自己向往已久的麻省理工学院,又有点心动。你参加了竞选,结果全票通过。后来每天领着同学们跑步的人就是"上好佳",课间操整理队伍的人也是"上好佳"。每天九点四十五,"上好佳"伸开双臂,像鹰一样用翅膀把同学们一行行归置到应该站的位置,敢管敢说,同学们也都听。为了能到美国去读书,"上好佳"周一到周五尽力学文化课,周六周日学习英语,虽然累,但是他的双目炯炯有神,刻苦砥砺,十五岁的人生又饱满又充实。

"老师,我觉得很对不住班级,对不住您,把我培养出来了,我却要出国。"上个月,"上好佳"这样对我说。

我留不住"上好佳",只能留住自己作为一个教师爱的境界。

我说:"没什么,这种情况老师已经经历过不止一次了,老师皮实着呢。你在十七中是卓越班的骄傲,你出国也会是中国学生的骄傲。得天下之英才而教之,是教师的快乐,也希望你能学成回国。"

用你的方式,稍高一点来爱你。你说青岛十七中的老师真好,我说其实我们十七中的老师都这么好。

焦大是块试金石

　　焦大从小跟着贾演打仗，从死人堆里把主子背了出来；得了命，自己挨饿，却偷了东西来给主子吃；两日没得水，得了半碗水给主子喝，他自己喝马溺。焦大是宁国府的大功臣呀，却在第七回被管家赖二欺负，让他深夜送秦钟。他吃醉了酒，当众骂出不堪入耳的话来，被小厮用土和马粪填了满满一嘴。

　　焦大固然不顾体面，赖二折腾他也不仁厚。打狗还要看主人。贾珍不怜老惜贫，特别是对焦大的功劳视而不见。赖二看人下菜碟，这就出现了上文这一幕，由此可见东府作为贵族，其对下人的风度已经丧失殆尽。"仁义礼智信、温良恭俭让"向来是中国人做人起码的道德标准和伦理原则，也是人际关系中立身处世的技巧。贾珍对内不讲究，对外必然也生疏漏。后面秦可卿的治丧仪式多处僭越即是贾珍这一思维模式的延续，他已经引起新皇权的警惕，末日渐近，而贾珍却不自知。

　　老舍先生曾著文提到，民国北平的中产阶层往往有六大件：天井、鱼缸、石榴树、先生、肥狗、胖丫头。为什么狗要肥？丫头要胖？因为这代表主人的风度——体恤弱者。试想，如果主人家对丫头非打即骂，威吓有加，使唤过度，丫头怎么可能胖？丫头胖，是心宽体胖的胖,表明主人家有仁德。真正的中产不仅仅看身家,还要看修身齐家之道。贵族更不用说。孙绍祖银钱甚多,也通应酬权变之道,但是他永远进不了贵族的行列,因为无德。厚德才载物,斤斤计较、睚眦必报都难长久,遑论忘恩负义。

焦大是块试金石。王熙凤建议"何不打发他远远的庄子上去"。这是下策,可是也管用,眼不见心不烦,主仆安生,别人也说不出什么。上策是给他脱了奴籍,赐一点儿薄田,帮他娶妻生子,让他自己过活去吧。贾府风俗,年高服侍过父母的家人,比年轻的主子还有面子。赖嬷嬷进贾府时,尤氏、凤姐等在地下站着,赖嬷嬷坐着。

贾府的规矩在贾母处还留一线,在贾珍那里早随着偷狗戏鸡、爬灰养小叔子消散了。焦大也就破罐子破摔,说出红刀子白刀子的话来,惹得贾蓉脸上挂不住,本性暴露,东府显露出冰山下最不堪的一面来。

【教育智慧点拨】

无论在哪个社会,弱者都是一块试金石,能够测试人性是否真的善良。

【教育随笔】

阿琳,你的那些没被计入总成绩的好

1

你的微笑独立于漫天雾霾

那一场又一场的灰蝴蝶阵

占据了操场,占据了篮球架

多少人在楼道里烦躁不安

而你,盈盈浅笑擦拭着玻璃和大地

班长走后,所有他坐过的地方

变成大大的伤口

时不时渗出往日一幕一幕

我找不到一块绷带甚至止血棉

却看见你和一众同学比往常更乖巧

这世界有分别就有重新相聚

你温柔的恬静默默愈合着分离

他们说善解人意不能计入期末总成绩

无法考查,无法量化

可是我想给你打个分——无穷大

从去年的九月

直到如今

2

在海边你拾到一条比目鱼

伸出手和它比大小

小小的鱼

小小的你

对这世界都很好奇

你看,你一直保持着好奇心

这是前几年的高考作文题

难倒一大票"学霸"

他们埋头苦做题

忘了抬头看看"大片海鸥飞落水面"

"把大海当做天空"

这是你的小小诗句

不能计入期末总成绩

无法考查,无法量化

可是我想给你打个分——无穷大

从去年秋天

直到如今……

3

男同学磕破了你的文件夹

他主动要求赔你

你摇摇头毫不在意

直到现在你的夹子还是少了一个角

我要买一个新的奖励给你

"心存善意,你会遇见天使"

后来你更新了 QQ 签名

这更像是对你自己的一个注释

所有的注释在答题的时候都要注意

我反复提醒

他们说你的善良不能计入期末总成绩

无法考查,无法量化

可是我想给你打个分——无穷大

因为大家说只要你力所能及

帮助别人总是不遗余力

4

没有谁的未来不被惦记

这个时代

你没有长成精致的利己主义者

没有变成考试机器

你的好并不计入高考总成绩

我要为你大声疾呼

再握握你的手告诉你

我的小姑娘,不能松劲儿

未来的一切都还是未知数

你那么好,好得让我心疼

未来的路我却替不了你

谁也替不了你

你必须付出别人几倍的力气

选择属于自己的荣光

那是未来生活的天地

源头就是当前的总成绩

现实冷酷但不剥夺人的荣耀

你的好,你的高情商

会汇入未来人生、社会大天地

我愿陪着你守着你

祝你既有决心又有坚持

这将成为阿琳专属的行动力

潇湘馆里上下同心

《红楼梦》第五十六回"敏探春兴利除宿弊，时宝钗小惠全大体"展示了探春与宝钗各自的管理才能。那么，林黛玉有没有管理才能？曹雪芹没说，但是接下来的第五十七回"慧紫鹃情辞试忙玉，慈姨妈爱语慰痴颦"里有一个细节展示了林黛玉的管理能力。

故事是这样的。紫鹃为了林黛玉的终身大事试探宝玉。"我们姑娘来时，原是老太太心疼他年小，虽有叔伯，不如亲父母，故此接来住几年。大了该出阁时，自然要送还林家的。终不成林家的女儿在你贾家一世不成？林家虽贫到没饭吃，也是世代书宦之家，断不肯将他家的人丢在亲戚家，落人的耻笑。所以早则明年春天，迟则秋天，这里纵不送去，林家亦必有人来接的。"结果宝玉听了，急痛迷心。不一会儿就"两个眼珠儿直直的起来，口角边津液流出，皆不知觉"。李嬷嬷捶床捣枕说不中用了，贾母也乱了方寸。幸亏请来了王太医诊治，加上紫鹃悉心服侍、精心替宝玉排解烦忧，宝玉才慢慢地好起来。

宝玉痊愈了之后，薛姨妈到潇湘馆看望林黛玉，提起宝玉，说："我想着你宝兄弟，老太太那样疼他，他又生的那样，若要外头说去，断不中意，不如竟把你林妹妹定与他，岂不四角俱全？"黛玉见说到自己身上，便红了脸。紫鹃性急，赶忙跑来笑道："姨太太既有这主意，为什么不和太太说去？"与虎谋皮，当然无果，只听薛姨妈话锋一转："你这孩子急什么？想必催着你姑娘出了阁，你也要早些寻一个小女婿去了。"紫鹃被薛姨妈一句话给臊走了。但是婆子们趁机也笑道："姨太太虽是顽话，却倒也不差呢。到闲了时和老太太一商议，姨太太竟做媒，保成这门亲事，是千妥万妥的。"薛姨妈这时候退无可退，转无可转，只好道："我一出这主意，老太太必喜欢的。"

薛姨妈当然不会替林黛玉保媒，这是大家都能预料到的。但这场对话仍然有几个非常有意思的地方。第一，主子说话，奴才们根本就不能插嘴，这是规矩。但是潇湘馆里的紫鹃却不管，越级发言，结果"中枪倒地"；但是婆子们居然前仆后继，这在大观园里绝对是稀罕事。第二，谈论的话题是林黛玉的终身大事，而且当着林黛玉的面。可见林黛玉的未来已经是潇湘馆里上上下下的头等大事，林黛玉不好开口，但是丫头婆子却抓住机会，头脑敏捷，勇气十足，不遗余力地替主子代言。对比一下"敏"探春，在打了王善保家的一耳光之后，王善保家的在窗外嘟嘟囔囔，贴身大丫头侍书竟然没反应。伶牙俐齿的探春只好说："你们没听她说话？还等我和她对嘴去不成！"侍书这才赶紧骂回去。可见林黛玉驭下的能力，非同一般。

那么林黛玉是怎么管理潇湘馆十四人的团队的呢？

第一，黛玉自己头脑机敏，人不能欺。《红楼梦》里第七十四回，王夫人让王熙凤带人抄检大观园。惜春、迎春、宝玉的丫头都因为不合礼制受到了戕害，小姐也没有脸面。但是潇湘馆里就安然无恙。原来早在五十七回，林黛玉就常常吩咐丫头，不叫她们和宝玉说笑，动手动脚，为的是男女防嫌。黛玉自己也非常自重，虽然与宝玉两情相悦，但是语言上、行动上都尽量恪守礼节，不招人闲言碎语。她早早嘱咐紫鹃，将从前小时与宝玉互送的"顽"的东西，"打叠"好彼此交还。所以抄检潇湘馆时,从紫鹃房中抄出宝玉小时候的寄名符儿、披带、两个荷包并扇子。凤姐说宝玉和黛玉及丫头从小儿在一处混了几年,这自然是宝玉的旧东西。这也不算什么罕事,撂下再往别处去是正经。王善保家的听凤姐如此说,也只得罢了。读到这里,真为林黛玉有先见之明而佩服。回忆一下,宝玉挨打时让晴雯送过来的两方旧手帕,黛玉还在上面题了三首诗。这要是被王善保家的查出来,抓住把柄,咬定男女私相授受,这罪名黛玉如何吃得消?发乎情止乎礼,防患于未然,由此可见黛玉的聪敏,护自己周全也护潇湘馆丫头婆子们周全。纵观全书,林黛玉除了一张当票不认识,其他事皆一看就会,一点就通。王熙凤入不敷出的经济境况,她在心里算算就知道;贾宝玉对她表白,她转身就走,因为自尊,不愿被轻薄,也因为真爱根本不需要语言;赵姨娘到潇湘馆看她,她知道那是路过的顺水人情,不重谢,不怠慢;周瑞家的捧着个大盒子送两只宫花,她瞥一眼就知道那是别的姐妹挑剩下的。她的心是"较比干多一窍"的玲珑剔透心,一般人欺她不得。

第二,林黛玉不掩真诚,人不愿欺。林黛玉到贾府第一天晚上就哭。袭人问原因,鹦哥(紫鹃)笑道:"林姑娘正在这里伤心,自己淌眼抹泪的,说'今儿才来了,就惹出你家哥儿的狂病来。倘或摔坏了那玉,岂不是因我之过'。因此便伤心。"这段话中看得出来,林黛玉还不熟悉紫鹃的时候,就能对她敞开心扉,真诚倾诉。及至紫鹃发现林黛玉对自己比对雪雁还好十倍,则把"一时一刻,我们两个离不开"奉为人生圭臬。

第三,林黛玉对下人体恤通达,人不忍欺。蘅芜苑的婆子冒雨给林黛玉送东西,林黛玉命她吃茶,又赏给她几百钱,打些酒吃,避避雨气。怡红院的佳蕙给黛玉送茶叶,黛玉抓了两把钱就赏。她对别人的奴仆都这么大方,对自己的底下人更不用说。所以黛玉的心事,婆子们都知道,自然得着机会为黛玉代言,义不容辞。

第四,对下人有担待,上下同心。赵姨娘要送殡,赵姨娘的丫头没衣裳,借雪雁的月白缎子袄儿。雪雁不借,找借口往紫鹃和黛玉身上推,黛玉也不责怪。林黛玉放风筝,放着放着,突然不忍剪断线绳,紫鹃笑道:"我们姑娘越发小器了。那一年不放几个子,今日忽然又心疼了。姑娘不放,等我放。"说着,便向雪雁手中接过一把西洋小银剪子来,齐蔓子根下寸丝不留,咯噔一声铰断,笑道:"这一去,把病根儿可都带了去了。"林黛玉知她心底是为了自己着想,并不计较她言语无礼。

此处无声胜有声,无招胜有招。潇湘馆里上下一心,不仅是因为主仆利益一致,还因为仆人们对黛玉的喜爱。

【教育智慧点拨】

不管是十四人的团队,还是四十人的团队,如果管理者不能耳聪目明,则昏聩如楚怀王,被张仪以六里地玩弄于股掌之中;如果精明而少仁慈,又会如秦始皇,"戍卒叫,函谷举,楚人一炬,可怜焦土";如果又聪明、又仁慈,但是缺少责任感,那么会如宋徽宗或者李煜,"雕栏玉砌应犹在,只是朱颜改"。教育者,特别是班主任,需要像曹雪芹笔下的林黛玉这样头脑机敏,人不能欺;不掩真诚,人不愿欺;体恤通达,人不忍欺;待人宽容,上下同心。

【教育随笔】

共建学习共同体
——致山东省青岛第十七中学高一·五班家长朋友们的一封信

家长朋友们：

大家好！

开学二十多天了，相逢有缘。很荣幸能给高一五班的同学们当班主任，也感谢开学以来各位家长对班级各项工作的支持和配合。

时至今日，一名高中学生的成长已经不仅仅是靠老师进行陪伴、教学、升学指导那么简单。选课走班、强基计划、综合评价招生、无人领导小组面试、专业加学校填报志愿等新名词的出现，使得高中生的成长教育成为家长、学校、社会三方共同努力的结果。在微观的校园环境里，家长、学生与教师组成了学习共同体——三者关系如同等边三角形——只有团结一致，搭建起牢固的教育支架，才有可能将学生的利益最大化。

十七中的学生是同龄人中的佼佼者，接受高中教育也是为了升入更好的大学深造。高一的学生们既需要攻克数学、物理、化学难题，又需要记忆大量的文科知识。那么作为家长，在这个等边三角形里该起到什么样的作用呢？

第一，无条件悦纳孩子的一切，不把孩子的成绩看成是自己的面子，不用成绩衡量孩子的成败得失，认真陪伴孩子，不到高考不过早下结论——孩子就是高考的成功者或者失败者——尽最大努力陪伴孩子冲刺到最后。

第二，了解高考录取率。2022年，山东省高考报名86.7万人，总录取743747人；夏季高考报名65.7万，夏季本科录取288893人，夏季本科录取率约 44.0%,夏季专科录取 242568 人,夏季总录取率约 80%。可见,即便是普通的本科,哪怕是统招民办院校,也不是那么容易就考上的。但是大家不必焦虑,从刚刚结束的 2022 届夏季高考看,青岛十七中大多数学生考过了一段线(437 分,相当于本科线),超过特殊类型招生控制线(513 分,自招线)的人数占高三在校生的 1/4 左右。所以请大家有信心,我们这一届,通过努力拼搏,更有希望取得好成绩。专科 150 分就可以达线,家长朋友们不必担心孩子没有学上。怀平常心,尽最大努力,紧跟学校和教师的步伐,孩子将成为家校携手的受益者。

第三,让孩子尽可能多睡会儿。高中生大多睡眠不充足,早晨多睡五分钟也宝贵无比。如果能让孩子节约上学、放学路上的身体消耗,用于脑力活动的能量就可以多一些。

第四,照顾好孩子的饮食起居,让早饭成为一天中第一个重要的兴奋点。我作为班主任一般不批评迟到的孩子,因为心疼家长——早晨的饮食起居、路上接送,多数孩子是仰仗家长的照顾的。所以按时叫早、做好早饭、准时接送是每一位高中生家长非常重要的责任。接下来的三年大家将会很辛苦,但是认真付出,也一定会有回报的。

第五,准时填表。班级里凡是学生能做的事情,班主任会嘱咐学生干部做,尽量不麻烦家长,凡是需要麻烦家长的,往往是重要而紧急的事情。所以请大家把班级家长微信群置顶。

第六,在家庭里提供情绪价值。孩子的情绪平和、愉快,会有助于智力和德育发展,所以建议家长在与孩子接触的时候,有意识地提供愉快的情绪价值,让孩子在良好的亲子关系与健康的身心发展中顺利成长。这需要家长管理好自己的情绪,夫妻关系、婆媳关系以及其他家庭关系要和谐;尽量满足孩子合情合理范围内的小小心愿;周末满足学生肠胃，愉悦学生心情；不在期中、期末、合格考、高考等重要考试前与孩子进行彻夜长谈；每天与孩子尽量有一段时间同走一条路，共谈一件事，分享一盏灯；如果不能提供愉快的情绪价值加分，也不要做一些减分的事情，不加不减也是可以的。

第七，尊重教育规律。教育规律是科学规律。尊重科学，遵循规律，不急躁，不冒进是走向成功的保障。专业的事情要听一听专业人士的意见。虽然教师不是万能的，但是有时候不听教师的话也是万万不能的。十七中的教师对学生认真负责。五班任课教师重视集备，工作敬业，值得信赖。

高中三年对每位家长都是巨大的人生历练。孩子低迷的时候，我们可能比孩子还要感到前路迷茫；到了高中后半段，我们可能需要小心翼翼看他们的脸色度过每一天；我们照顾饮食起居、接接送送，费尽心力可能也看不到孩子的一点点进步；高考年年微调，找不到可参考的数据，让人心里七上八下：这种种困难其实都是暂时的。只要大家陪伴的过程饱满、认真，那么结果即便不是超常，也基本可以正常。

虽然我们认识的时间短，但是我很庆幸能与读这封信的高一五班的家长朋友们一路同行。让我们一起携手，给孩子们最大能力的陪伴和尊重，给他们的成长赋予情感、理解和助力。

让我们期待每个孩子都有一个美好的未来！

此致

敬礼！

班主任曹春梅

2022 年 9 月 27 日

薛宝钗的冷与暖

薛宝钗是一个大能量的圆心。

她在她的熟人圈里像播撒花籽一样播撒她的爱与善。薛姨妈寡居不易,薛宝钗帮着母亲上下操心;王夫人殓葬金钏,金钏没有衣服,薛宝钗不避忌讳拿自己的给金钏穿,解王夫人的燃眉之急;林黛玉要吃燕窝,在贾府不便开口要,薛宝钗主动差人送来;惜春画画,薛宝钗帮她开笔墨单子;贾宝玉在省亲诗会上用词不当,薛宝钗帮他修改;赵姨娘身份低微又多事,大家都远着她,薛宝钗分发小礼物不忘给她留一份;贾环跟丫头争钱,薛宝钗赶紧痛斥自己的丫头莺儿,给贾环留几分少爷的面子;王熙凤病了,薛宝钗和探春协理宁国府实行"联产承包责任制";宝玉挨打,薛宝钗主动到怡红院送丸药;贾母给薛宝钗过生日,吃的玩的,薛宝钗都忖度贾母口味,讨老人家欢心;邢岫烟典当冬衣,薛宝钗帮她赎回来;袭人有针线活,薛宝钗也经常帮衬;迎春奶妈聚众赌博被贾母惩罚,薛宝钗和姐姐妹妹一起为迎春向贾母求情;史湘云开海棠诗社,要做东,手头紧,薛宝钗主动替她摆螃蟹宴,花钱、出力、操心不说,还笑道:"我是一片真心为你的话,你千万别多心想着我小看了你,咱们两个就白好了。你若不多心,我就好叫他们办去的。"

　　暖到极致是对宝玉的爱。她喜欢他，并不避讳自己的感情。夏日午倦，她独自进了怡红院，意欲寻宝玉谈讲，以解午倦。那个时候，怡红院的仙鹤在芭蕉下都睡着了，宝玉也四仰八叉地睡着了。宝钗坐在宝玉身边，绣那鸳鸯戏莲花的白绫红里的兜肚。以她的聪明，怎么不知道男女授受不亲，该避嫌；以她的灵秀，她怎么不知道这贴身穿的肚兜，不要说亲自刺绣，闺中女儿看也不要多看一眼。然而只刚做了两三个花瓣，忽见宝玉在梦中喊骂，说："和尚道士的话如何信得！什么是金玉姻缘，我偏说是木石姻缘。"薛宝钗听了这话，不觉怔了。"冷香丸"专治胎里带来的内热。这热，就是宝钗的爱。因为在此之前，宝玉已经向黛玉表白过了，宝玉挨打后，黛玉写在旧丝帕上的诗，也是热烈的回应。

宝钗扑蝶（王雨萱临摹）

　　在绝对的礼教之路上，男与女传宗接代、延续香火是大事，保障父系家族的利益是大事，爱情是奢侈品。在传统宗族关系中，相亲相爱不如相敬如宾，没有爱的两个人，也可以过一辈子。做贾府的宝二奶奶是薛宝钗待选失败后最后的理想。她的爱，不被宝玉接纳，就只能被"冷香丸"压制。失去爱情的宝钗，一样可以接受宝二奶奶的职位，繁衍子嗣。

　　众人诟病宝钗对金钏的死、柳湘莲的出家态度冷漠，其实他们都是她熟人圈外的人，与她无关。她的冷与热不过是农耕文明下中国人最普遍的人际态度。

【教育智慧点拨】

　　要想弄懂薛宝钗对人的冷与暖，就要读一读费孝通先生的《乡土中国》，乡土中国的人际关系按差序格局分布。什么是差序格局呢？打个比方，我们的人际关系像是把一块石头丢在水面上荡漾出一圈圈推出去的涟漪。这块石头就是我们自己，社会关系按照亲疏而一个人一个人地推出去，从里到外分布在不同的涟漪圈上。圈子不是死板的，它可以伸缩。一个人发达了，圈子就大，反之则小。由此产生了对应的儒家文化，就是孔子所提倡的"推己及人""为政以德，譬如北辰，居其所而众星共之""修身齐家治国平天下"，也造成了我们传统社会里的社会公德在熟人圈里发生的意义更大。薛宝钗的亲与疏只不过是严格地遵守了农耕文明的传统思维而已。

【教育随笔】

学习品质
——中学生未来发展的"第一生产力"

学习成绩与学习品质相辅相成,甚至从某个角度来看,学习品质比学习成绩更重要,因为它影响着一个人未来的可持续性发展,实为中学生的"第一生产力"。什么是学习品质?学习品质是在学习过程中逐渐形成的习惯养成、思维方式、人际交往、积极心理等一系列非智力因素的学习内涵。

学习品质好的学生,学习成绩一般不错。但是学习成绩好的学生,是不是学习品质就好?不一定。

有这么两个学习成绩都不错的男孩子,姑且称之为阿威和费安吧。两个人名次差不多。阿威是班干部,在自己力所能及的领域里尽可能多地帮助老师做一些辅助性工作,课间经常为同学们讲解难题,大家都很喜欢他,也很乐意在评优争先的时候把票投给他。

费安恰恰相反,他是让人操心的一类学生。上学从来不值日,自己的桌椅板凳间垃圾遍地,总是上课迟到且屡教不改。他因为聪明伶俐,外加课外补习很有效率,所以总是在课堂上趴着睡觉或看小说,周围一些意志不坚定的同学也跟着他上课睡觉、看小说。可是放学回家后,在同学看不到的地方,他日日学到后半夜,那些跟他一起玩的同学百思不得其解,明明大家都不学习,为什么费安的成绩名列前茅,甚至可以拿到奖学金,而自己考试就一塌糊涂呢?

这就是学习成绩相似,学习品质截然不同的例子。这两个学生的后续发展有待在成长的实践中继续考察,但是显而易见,在中学,阿威的学习品质带给周边的同学以幸福和温暖,费安的学习品质带给众人迷惑与负能量。

为什么会出现这种现象？究其原因是在三观的引导上。据费安的家长介绍，费安对家人特别好，懂事。凡是血缘至亲，费安都很照顾，虽然年纪小，但是责任感非常强。可以说，在各位至亲眼睛里，费安是一个虽然还没长大，但是志向高远，对家人爱心满满的好孩子。因此，听说费安在学校里的表现，家长感到难以置信。

其实这也好理解，这就是孩子的人际交往受家庭影响被有意无意划分为熟人圈与非熟人圈所致。在熟人圈里，费安是克制的、收敛的、有教养的、懂事的，而班级是熟人圈外的生活圈，他在熟人圈被压抑的个性、收敛的脾气、得不到张扬的青春期叛逆就在班级里肆无忌惮地铺陈开来，这样费安的心理才能平衡。同时费安也深谙，在以升学为主导的教育体制里，学习成绩有时候"一白遮百丑"，所以他在班级里只在意学习成绩。

聪明的学生与家长已经看出这种人际交往的弊端——目光短浅。一般说来，高中同学关系是一个人未来步入社会之后非常稳固的人脉关系。在高中阶段交不到可以说真心话的朋友，到了大学、社会，获得知交的可能性则要小很多。未来社会合作性越来越强，需要学生从中学阶段就学习并实践和而不同、真诚宽容、合作竞争等人际交往方式。"让世界因为自己的存在而感到幸福"就是重要的学习品质之一。

【16】

贾宝玉"慈不带兵"

怡红院团队有多少人伺候贾宝玉？30 多人。这个团队放到今天相当于一个教学班了，班主任就是贾宝玉。假如怡红院绩效考核，宝玉会被奖励还是被扣发奖金？我们来粗略算一算。

100 分为满分。怡红院丫头良儿窃玉扣 10 分，坠儿偷虾须镯扣 10 分，晴雯撕扇子、任性糟蹋东西扣 8 分，芳官在厨房里当着柳嫂子的面同小婵斗气、糟践粮食扣 8 分，芳官把茉莉粉当蔷薇硝给贾环扣 5 分，芳官与赵姨娘吵嘴并扭打在一处扣 15 分，芳官同自己的干娘顶撞扣 5 分，怡红院人员内部倾轧间接导致小红"跳槽"、晴雯殒命、芳官出家、四儿被撵扣 30 分。最后得 9 分，可见贾宝玉的管理一塌糊涂。

第十三回，王熙凤协理宁国府时思忖过管理的五大弊病：人口混杂，遗失东西；事无专执，临期推诿；需用过费，滥支冒领；任无大小，苦乐不均；家人豪纵，有脸者不服钤束，无脸者不能上进。这五条，怡红院占了一大半。所以王熙凤管家，愁没个膀臂，虽有个宝玉，也不中用。

"女儿是水做的骨肉，男人是泥做的骨肉。我见了女儿，便觉清爽；见了男子，便觉浊臭逼人。"贾宝玉一向把女孩儿看得非常纯净、非常高贵，相信她们不像贾雨村之流为了仕途经济不顾体面、不讲情意。不管这些女孩儿是贵族小姐还是乡野村姑,是丫头还是戏子,宝玉对她们的一切作为都尽量从最真、最善、最美的角度诠释、接受,以最大的限度对她们欣赏和包容。只是真实的人性哪有那么高贵!为了生存,这些女孩儿的某些行径和"死鱼眼珠子"不相上下,宝玉心里明镜似的,只是不肯面对现实,选择原谅或是假装视而不见。他从来没有主动惩罚过任何一个犯了错的丫头,从没对他们说过难听的粗话。坠儿偷了平姑娘的虾须镯,他知道了,首先考虑的也是不要辜负了平儿替怡红院遮掩的良苦用心。

只是宝玉的慈悲,抵不过人性的贪婪与私欲。他越是在丫头身上留心用意,争胜要强,她们越是偷玉窃金,而且更偷到王熙凤房里去了。他偏是仁慈,他的丫头偏是打他的脸。

所以在管理中,不依靠制度,而寄希望于人性的高贵与自觉是靠不住的。林黛玉的潇湘馆里,丫头们的一件月白袄也被紫鹃统一保管。探春更狠,一针一线,都被小姐收着。黛玉和探春不缺慈悲心,只是并不将其用于人事管理。

【教育智慧点拨】

子曰:"道之以政,齐之以刑,民免而无耻,道之以德,齐之以礼,有耻且格。"意思是说用政令来治理百姓,用刑罚来制约百姓,百姓可暂时免于罪过,但不会感到不服从统治是可耻的;如果用道德来统治百姓,用礼教来约束百姓,百姓不但有廉耻之心,而且会纠正自己的错误。格物、致知、诚意、正心、修身、齐家、治国、平天下,其中的"格"就有"就有道而正焉"的意思。德治是水治,用柔的方法来使人改邪归正。法治是刀制,具有强制性。法治和德治两者并重,以德治为主,才能达到"有耻且格"的最佳状态。

【教育随笔 1】

如果老师退一步，你也要学会适可而止
——班主任给同学们的一封公开信

有时候，老班真的感觉你不懂。

你午休睡不着，学校退了一步说，实在睡不着，就写作业吧，只要不出声、不影响别人就行。老班又退了一步说，要是愿意到任课老师那里去就去吧，只要 12 点半以前离开教室，别乱跑就行。然后老班午休在教室里陪着你们睡了 15 分钟，你一直很乖，大家也渐渐睡着了。老班刚一出教室，你吱吱嘎嘎偷偷地打开教室门，贼眉鼠眼、鬼鬼祟祟往数学老师办公室溜。你懂不懂什么叫敬酒不吃吃罚酒？

天热了，你不爱穿校服。老班说，只要在教室里不出去，不穿就不穿吧。但是去任课老师办公室，参加学校各项重大集会，去学校各个处室，你都要穿校服，这是学生的基本素养，也是对校规校纪的敬畏。别让德育主任抓着你、批评你。结果市督导团下来视察工作，全校学生都穿着校服。市督导团还没走，万蓝丛中就蹦出一个不穿校服的你。你说你忘了。老班体恤你热，不强迫你穿长袖校服。周五课间操，你居然穿得红红绿绿地站在操场上，看着大家跑操。整个操场一片校服蓝，只有你例外。你说你又忘了。你已经有接近十年的学生生涯，对着装要求早就心知肚明。老班已经退了一大步，你懂不懂什么叫适可而止？

还有你，班里谁出门你都陪着，陪人家上厕所，陪着去小卖部买东西。课间迟到少不了你。老班有时候说你两句，更多的时候只瞅你一眼，希望你知道自己错了。结果上心理课，任课老师站讲台上了，你手里拿着冰糕又满不在乎地进了教室，引得另一个同学上来咬一口。本来应该安静的课前两分钟准备因为这只冰糕又混乱了一会儿。课后老班好言相劝,冰糕不能带进教室。你不吃了。然后周末自习,你带了一只哇哇大叫的塑料鸡,给同学当生日礼物。班里的每个人都去捏它一下,这奇特的生日礼物使放假前浮躁的班级更加浮躁。老班已经退了一大步,你懂不懂什么叫适可而止?

你亲眼见到数学老师抽出课余时间单独辅导学生。数学老师每天口干舌燥,疲惫不堪,她身体虚弱,容易生病。然后周六的数学卷子你连续两个周就是不交。数学老师一个人一个人地查,查到你,在走廊上找到你,问你为什么不交,嘱咐你要按时交作业。你不置可否地点点头,内心里一片无所谓。数学老师没有批评你,已经退一步了。你占用了她大量的时间,但是没有产生任何学习效果。下课后,有的同学问老师三角函数,有的同学到老师那里背数学公式,一背再背,直到背过。大家占用数学老师时间多多少少都有收获。只有你,占用了更多的时间,却在数学上一点儿长进也没有。你应该让老师在难点题目精解上为你指点迷津。你如此浪费数学老师宝贵的精力,我替你感到难过。

你如果什么道理都懂,但就是自己管不住自己,那么一开始会获得一些善意的批评和忠告。这些批评和忠告不会太多,随着学习任务的增加、会考与高考的临近,老师会将越来越多的精力放到指导学生提高成绩上去,不知进退的你渐渐地就会被关注得越来越少。所以你得把校规、班规看在眼里,记在心里。

如果你什么道理都懂,但是纪律对你来说无所谓,你没有一颗敬畏规则的心,那么高考的明规则与暗规则你都会不在乎。届时不明白出题人意图,不通晓应试规则,所答非所问的那个人就是你。

如果你什么道理都懂,就是希望用违纪这一类小事吸引老班对你的注意力,那么今天老班特意写这篇文章提醒你注意一下,你的小目的已经达到了。

高中生不同于小学生、初中生,在德与法两方面加强自己的修养是成长基本功。每个人在集体中生活,不能太自由,当然也不会没有自由。规则约束内的自由叫活泼,规则约束外的自由叫放肆。老班因为爱护学生的个性,会保护学生力争上游的积极性,不会跟在你后面碎碎念。但是如果你对规则抱有"能奈我何"的想法,反复触碰,不懂适可而止,那么菩萨低眉之后,雷霆震怒必将如期到来。

要学会控制自己的情绪和行为,你看,高中生的基本功咱们要不要从头开始练起?

【教育随笔2】

规则很抽象,但是遵守规则很具体
——与青岛 17 中 2019 级"物历组合"班夜谈笔记

2020 年 9 月,高二"物历组合"班成立一个月。这个班共五十人,四十个男生,十个女生,教育生态不平衡。一个月来,男学生调皮、任性不断。虽然开过一场"优秀习惯养成"班会,也填过年级颁发的"优秀习惯养成"反思表格,但是学生,尤其是男学生,行为规范仍然有待加强。

当然这个班优点也很多:家长朋友们的心比较齐,对班级事务参与积极性高、能力强;女生很乖巧,男生性格外向的多,师生关系、生生关系比较融洽;班级教室小,高个子或者胖男生的容身空间有限,窗户北向,离建筑工地最近,但是学生心胸宽广,从不计较也不攀比,器识过人;班级运动会总结时,全班上上下下都自我反省,有君子风度,可谓孺子可教;智力虽未经试卷检测,但是从课堂反应上来看,学生都有很大潜力,后生可期。

教育有农业性质,播下种子后,需要耐心等待,故做此笔记,备忘并使教学相长。

规则很抽象,但是遵守规则很具体。学生需要面对的往往是些琐碎的小事。而且这些具体的小事,学生不一定在意,经常屡屡触犯,被口头批评、警告了一遍还不长记性,直到被全校通报,被记入档案,受重罚,才恍然大悟,原来这些小事有这么大的威力啊。

是呀!这些小事左右不过是上学穿校服,戴胸牌,不带手机,准时进班,课间不迟到,好好做眼操,"快、静、齐"做课间操,午休别看电子产品,晚自习尽快安静进入状态……单独拿出任何一件看起来都似乎微不足道,但是凑在一起组成了校规校纪。

小事一旦变成规矩,变成规则,那么就升格了。无规矩不成方圆。规矩可以评判一个学生的习惯养成、品德操守、个体发展、责任担当、德智体美劳是否全面发展。规则很抽象,但是遵守规则并不抽象。它需要你好好地把这些貌似是小事的事当事,你如果忽略它,它可不曾有一天忽略你,因为我们这所学校是一所关注学生成长、对学生的心智发展负责任的好学校。

有一篇随笔的题目如下:

一位女孩骑自行车违反交规,剐蹭了一辆宝马汽车。司机让她给家长打电话来处理问题。小女孩害怕得号啕大哭,引起了路人的注意。有人指责司机冷若冰霜,劝诫司机不必难为女孩。司机说:"我让女孩通知父母,不是为了赔钱,而是要让小女孩明白一个人必须为自己的行为负责任。"

请依据所给材料,写一篇随笔。要求:自选角度,自定立意,自拟标题,除诗歌外,自选文体。

班里一位同学的文章如下:

没有规矩就不能成方圆。女孩骑自行车导致剐蹭汽车就是因为她违反了交通规则。如果她遵守了交通规则,这件事可能就不会发生。她自己造成的后果,必须自己承担。

需要反思的不仅是女孩,还有那些指责司机的路人。我想不明白,为什么司机的良苦用心到路人那里却成了刁难呢?如果司机按照路人的意见去处理问题,做一个宽容大度的"好人",放弃追究女孩的责任,那女孩还会认识到自己的错误吗?是否会养成"可以惹事,不可担事"的恶习呢?如果下次发生更大的事故,届时责任又应该要由谁来负?造成的损失又应该由谁来承担?这恐怕也不是路人希望看到的吧!

犯了错误不丢人,逃避才是最可怕的,每一次逃避都是灾难形成的诱因。眼泪在父母面前可能是犯错后解决问题的最好武器,但走出家庭,眼泪便一文不值。在这个社会,没有谁会因为眼泪而对你心慈手软。学会为自己的行为负责,勇敢面对才是长久之计。

你看,同龄人把遵守规则、承担责任谈得很清楚了。

老班来跟大家探讨一下规则背后的逻辑。规则的背后是承认群居生活的存在,承认自己是集体中的一员。如果我们不愿意被规则约束,可以选择在家里上网课来完成高中的学业,一样可以考大学、上大学,那样没人要求你必须穿校服、必须戴胸牌……但是我们绝大多数人不愿意这么做,因为学校除了提供教育,还可以满足我们人际交往的心理需求。我们需要朋友,不愿意孤单一人。所以从某种意义上讲,遵守规则是满足人际交往心理需求必须付出的代价。

规则一开始是外在强制,久而久之养成习惯,后来变成内在自我要求。当然同学们也都知道,遵守规则与享受自由是对立统一的。规则制约着人的行为,也保障着人的权利和自由。只有内心甘愿接受规则的约束,我们的心灵才会获得真正的自由;无视规则、违背规则,我们就不可能有真正的自由。校园里的规则能够帮助我们建立良好的学习习惯和生活习惯,助力升学,使我们健康成长,提高学习效率。

既然如此,让我们来认真学习一下学校规则的具体标准。

升旗:7:18整队完毕,无迟到,无说话者,校服统一。

午休:午休无说话者、无打闹,无电子设备使用现象,及时关灯,午检表填写完毕。

眼操:无迟到者,无无故不做操者,无发作业、说话现象。

公务:关闭所有电气设备,开窗通风,窗帘整理整齐。

仪表:穿全套校服,不佩戴首饰,不烫发,不染发,不化妆,佩戴胸卡。

班级的课间操与卫生情况一直很好,就不在此列举了。

所以,亲爱的"物历组合"班的同学们,收起小任性、小脾气吧,遵守规则,做一个能自我约束、自律自强的人。意识到这一点,才能对集体多一份责任与担当,才能说,经过高中的教育,"我"和班级一起获得了成长。

辨析精致的利己主义者

　　钱理群先生曾痛斥我们的教育在培养一批精致的利己主义者。他有一个学生，上课的时候，总能够对课堂内容及时作出回应。这当然让老师很高兴。下课后师生交流，学生把老师的课分析得头头是道，讲的全在点子上。老师被学生懂了，对老师来说这是多大的快乐！于是他对这个学生的好感与日俱增。几次之后，学生请钱先生帮助写出国的推荐信。信到手，那个学生就消失了。

　　钱先生心里很不舒服，评价这类人：高智商、高水平，一切行为都从利益出发，精心设计，合理合法，但是即便世故、老到、老成，故意做出忠诚姿态，很懂得配合、表演，达成自己的目的，这类人也跳不出名缰利锁，一旦掌握了权力，对国家、民族的危害是很大的。问题是，我们的教育者对此毫无警戒。

　　钱先生的话让人想起贾宝玉孝心一动给祖母、母亲送桂花的事。这件事被丫头秋纹评为"孝敬到二十分"，是值得大夸特夸的美事，但是宝玉并不着意于此。他只是心血来潮做了一件自己觉得应该做的事，后来宴席中看到王夫人想吃暖酒而没有，赶紧把自己的送过去，也不在意一定要获得长辈的旌扬。但是长辈的反应就不是这么淡定了。贾母喜得见人就夸，王夫人当着众人面被送花，脸上有光，心里越发喜欢。

童心无尘,世人心却九曲回肠。成年人的虚荣、世故,宝玉懂,只是不入心,也不与之为伍,精致的利己主义者却不然。他们早就摸清楚教育的门道。苏霍姆林斯基说,一旦做好事是为了显示自己,炫耀自己,得到夸奖,那些伪君子们,冷酷的、无怜悯心的人都会从中受益。这一点,古今中外概莫能外。

教育强调关注学生的情感,其实真正可以形成道德基础并有着利他气质的情感是隐秘的、羞涩的、不愿张扬的。

【教育智慧点拨】

精致的利己主义者难道是上了大学才有的吗?不是,在钱先生的描述下,这套精致的程序做得这么成熟完美,肯定在进入大学以前的中学阶段也演练过多次,只不过时间、地点、针对的对象不同而已。

【教育随笔】

卡全现象

卡全的成绩名列前茅,但是高中三年,尤其是上了高三以后,他从来没有主动值过一次日。非但如此,学校考前发给每个学生一只橙子,象征着"马到成功"。发橙子的时候,卡全不在,同学们帮他留出来,放在课桌上。卡全回来后,见到橙子,把橙子吃了,皮扔在左边地上,核儿吐在右边地上。这还不算,图书馆几次三番催卡全还书,他佯装不知。发高中毕业证书那天,图书管理员对这样的"老赖"忍无可忍,去学生处提前扣下了他的毕业证,强制他把遗失的书折现补交才予以发放。

这样一个学生,学校层面的批评教育不管用,家长表面好好配合,其实对好成绩过于看重,忽略了其品质中社会公德的缺失。

这样的家长在孩子小时候就没有为其树立正确的人生观、价值观、世界观;没有教给孩子如何在集体中与他人相处,拥有集体荣誉感;如何作为集体中的成员,积极地为集体建设添砖加瓦。很多孩子是独生子女,家长对其难免溺爱。长此以往,孩子把个人利益无限放大,对集体利益视而不见,中学阶段就已经形成精致的利己主义思维,积习难改,学校的教育效果就很差了。

卡全的家庭教育把学校教育、教师,工具化了。有时候卡全在学校看起来有点奇怪。比如说体育课,卡全一节不落,可是其他的文化课上他呼呼大睡,从高二睡到高三,每天从早晨七点半睡到下午三四点。这样的学生肯定不爱学习,所有的老师、同学都这么想,可是大错特错。卡全的很多学科回家熬夜自学,实在不能自学的,就利用下午和晚上的时间自费请课外辅导机构一对一辅导。卡全的智力水平不错,自学能力强,学习效率高,考试成绩就相当不错。卡全还非常在意与同学们的交往,他曾经自己掏钱请全班同学吃东西,赢得了良好的人缘。可是他周围的同学学着他的样子上课时也呼呼大睡,结果学习成绩一落千丈。直到一次班会中,卡全妈妈介绍育子经验,提到卡全每天都学到很晚才睡,家长每天都催促他上床睡觉,模仿他的同学才如梦初醒,恍然大悟。集体活动如果与自己无关,卡全是不会参加的。比如说大课间1000米跑步,既能锻炼身体,又能放松精神,卡全能不跑就不跑。他并不是逃避体育运动,他的理由是绕操场三圈的运动量太小,不如自己到体育馆借助健身器械健身得到的活动量大。运动会时,卡全也积极报项目。开幕式结束之后,他就离开班级,有项目的时候在操场上,没项目的时候也在操场上,并不参与观众席的任何活动,得了体育项目的奖牌,也不回到班级与大家分享。

在学校教育中,卡全头脑清晰地只取可以为自己所用的部分参与其中,其他的置之不理。他没有主动值日的意识。卫生班长把值日名单发到家长群,卡全的父母也从来不通知孩子。班级和学校的集体荣誉感,为同学服务的公德意识、公益精神,在这个家庭的教育里是不存在的。

所以钱理群先生在大学里所遇到的精致的利己主义者不一定是大学的产物,也有可能是在应该系好人生第一粒扣子的时候,这第一粒扣子就系歪了,可能是在中学阶段,也可能在小学阶段,甚至可能在幼儿园阶段。所以高中班主任,尽管背负沉重的升学任务,但是依然要重视学生五育并举。德不孤,必有邻。德才兼备才能让世界因为自己的存在而感到幸福。这是一种能力,也是一种后天教育的结果!

恋恋风尘里的自我救赎

《红楼梦》第六十六回,尤三姐持剑自刎为自己曾经的风尘堕落买单,决绝刚烈。"揉碎桃花红满地,玉山倾倒再难扶。"柳湘莲悔婚前,并不知道尤三姐这等刚烈,伏尸大哭一场。等买了棺木来,眼见入殓,他又伏棺大哭一场,自悔不及,悔恨不已,后来遁入空门寻求解脱。

尤三姐虽骀荡,但这一剑洗白了过往,救赎了自我。只是结局太悲惨,不可效仿。

想起明末"秦淮八艳"之一董小宛。冒辟疆的《影梅庵忆语》里记,董小宛嫁入冒家之后,却管弦,洗铅华,精学女红,大门不出二门不迈,几个月后,锦绣工鲜,妍巧绝伦。小宛侍奉冒辟疆,比袭人待宝玉还仔细,烹茗剥果不假外人,开眉解意爬背喻痒,吃饭遵从宗法礼仪必定站立,监督嫡子功课力求改削成章。冒辟疆著书立说,小宛稽查抄写;辟疆出入应酬,小宛支持金银;辟疆逃难病重,小宛伺候不懈;更在幽房屈室两人静坐香阁细品名香,又在菊前细赏"剪桃红"参横妙丽;推窗延月耽于"月潋潋,波烟玉";炼膏制豉宴及海错风熏;而小宛自己所奉甚薄,饭不嗜肥甘,衣摒弃鲜丽,钱不爱积蓄,登记米盐琐碎,细心专力,好学之人难及……她集美金陵十二钗的全部优点,以一己之力周全了冒家上下老少,这样过了九年,终因劳心劳力太过,怀着对丈夫的无限牵挂死去。冒家主仆悲酸痛楚,忘了她从前艳帜高张,不齿于人,只记得她自我救赎后的贤雅。

霍桑《红字》里的海斯特·白兰与董小宛相类,只不过海斯特与社会接触得更多一些。她们都曾在自己的时代被定义为堕落的人,遭受了不公平对待。主流社会抛弃了她们并报之以冷眼。可是她俩不希冀报偿,也不倚重同情,尽自己所能地劳动,在劳动中利他。红字"A"本是耻辱的象征,但是海斯特硬是在岁月中把它变成了"能干"的代名词。尊严如期降临。

为什么劳动可以救赎风尘?因为劳动是人最本质的力量,可以调整人与自然、人与人之间的关系。劳动创造了美,所以董小宛和海斯特美的经典文学形象流传至今。

【教育智慧点拨】

当下,如果你早晨五点打开直播软件,就会发现各大直播间已经开始营业了。主播大都打扮得漂漂亮亮,有卖首饰的,有卖化妆品的,有卖花花草草的,也有出售知识网络授课的……手机屏幕被一个个直播间分隔成若干个方格,每个格子里有一个主播在带货。太阳还没出来,他们已经工作了。在这个群体里,年轻的女主播五点钟已经妆容精致,那么她们又是几点起床,几点化妆呢?毛主席说:"妇女能顶半边天。"如今很多女性都是用劳动定义自己的尊严,自立自强的同时又自尊自爱,离不开劳动这一媒介。

【教育随笔 1】

荷的天是自己把自己举起来

自己跃出水面

伸出手,举起荷香荷香的碧绿

露珠清晨跑来听成长史

蜻蜓点击着花朵和粉面

它们都不能停留太久

不能享受太阳和风

不能矜持微笑着摇荡

或瘦成一尾尖尖的魂

荷,自己把自己举起来

用一百倍的舒展拒绝花朵在艳阳里打折

用一百倍的力气阻挡杂质和血污

踩进淤泥又走出淤泥

辜负了白生生再洗净白生生

一直被非议却永远迎风起

来看荷,别忘了带上

你自己

【教育随笔2】

理发师的高贵

去"文设计"工作的理发店时,我是冲着老板娘的品位去的。据同事介绍,这个老板娘从装修到剪发、造型,都无比雅致,甚至店里的音乐都是老板娘一首歌一首歌精心选的。

什么店这么好?我觉得冲着这精致的名声也该去见识见识,找到后,感觉果然名不虚传。满墙淡黄色的壁纸上开满了大朵大朵的同样淡雅的太阳花。入门处有一个大鱼缸永远干净整洁,一池红彤彤的鹦鹉鱼优游自在。店里的音乐是《再回首》之类的老歌,轻柔平稳,婉约柔美。洗头妹妹胖乎乎,不卑不亢,轻轻柔柔。"文设计"就是接待我的理发师,二十五六岁,甘肃人,个子不高,面相英俊,深蓝色工作装T恤穿在他身上比别人好看许多。"文设计"收费不多也不少,卷发烫得不错,染发颜色做得尤其好,深栗色不走到太阳底下根本看不出来,低调,不张扬。

每次烫头发,"文设计"会很在意过程中顾客的感受。剪发时,他不会给你把头发随便堆在头顶,而是轻轻一绾,用夹子别好,像是给顾客换了一个新发型。吹头发时,手指挽着发梢,不让湿头发啪啪啪地抽打顾客的脸。女士们坐的时间久了,店里送水、送杂志、送平板,让顾客消遣。怕长时间低着头影响美发效果,洗头妹妹主动抱来靠枕,轻轻放在顾客膝盖上。披巾与脖子之间,"文设计"会软软地铺一层薄薄的纸。洗头发时头发打结了,洗头妹妹也永远不会生拉硬拽。店里的音乐轻轻柔柔,老板娘轻言细语。聊起来,她告诉我,她以前是个女兵,退伍后来到青岛开起了理发店。"文设计"就是她从甘肃老家带出来打工的。虽然干的是服务行业,但是理发师也没必要低三下四,卑躬屈膝。只要为顾客提供最真诚、最需要的服务就可以。她声音细细的,语气语调和讲话的内容很相称。我仔细观察店里的理发师,发现他们果然与别处的不同。不管手艺高低,水平如何,大家的表情都平静淡定,对待顾客尽心尽力。几个小时的烫发过程中,他们既不胡乱推荐护发用品,想方设法让顾客消费,彼此之间也看不出有强烈的竞争关系。整个理发店洋溢着平和、平静、平淡的气息。连顾客坐到椅子上,也改变了气场,变得事理通达、心气平和起来。老板娘个子高高的,穿衣服不华贵但是很讲究。原来理发店的房子是她自己的。"如果不经营理发店,单单把房子租出去,房租要远超过理发店的营业额。可是如果那样,理发师他们怎么办呢?毕竟他们都是我从甘肃带到青岛来的呀!"老板娘慢条斯理地说,"开这家店,是经营,也是修行。"她斯斯文文,一番话越回味越有道理。

慢慢地,我的心就在这家店安顿下来,把头发交给"文设计"。"文设计"烫过的头发平时不需要特别打理。早晨起来,用小喷壶大略喷一点水,手指抓一抓就好,特别适合一大早就需要通勤的上班族。我每两年去三次,烫一样的发型,染相同的颜色。每次"文设计"都会熟络地招待,不过分热情却也恰到好处。

这样过了几年。有一天,楼下开了一家新的理发连锁店,激情狂飙的歌曲带着年轻人的心在空气里飞扬。一个年轻的女店长领着一群比她更年轻的男孩子在店门口热情昂扬地迎来送往,那种激情四射的青春像一把突如其来的火,把我对少女时代的怀念勾起来。《再回首》突然变得乏味了,我决定试一下年轻人的手艺,于是在心里默默地和"文设计"、老板娘说再见。

我在原先那家理发店充值卡里的钱还没花完,但是人不再去了。就这么过了两年。疫情中的某一天,突然"文设计"给我打电话,要求加个微信。不久,他把卡里剩余的钱微信转账到我手机上。当时因为疫情,很多理发店不开了,我大概知道这家也免不了相同的命运。老板娘到底是军人出身的良心商家,把顾客的钱主动退还。她在特殊时期能分毫不爽地把顾客的钱主动还了,非常了不起!我突然觉得很舍不得,脑海里再次浮现出《再回首》的歌词:"再回首,云遮断归途 / 再回首,荆棘密布 / 今夜不会再有难舍的旧梦 / 曾经与你共有的梦 / 今后要向谁诉说 / 再回首,背影已远走 / 再回首,泪眼蒙眬 / 留下你的祝福,寒夜温暖我 / 不管明天我要面对多少伤痛和迷惑 / 曾经在幽幽暗暗反反复复中追问 / 才知道平平淡淡从从容容是最真……"

大多数人都是普通的劳动者。在平凡的日子里,能平平淡淡、从从容容地保持对真善美的追求,就留住了直抵人心的暖热。从这一点来看,这家理发店说到也做到了,这是多么难得的言行一致,又是多么高贵的劳动品质!

贾宝玉的人际沟通能力

人际沟通能力塑造文化人格，它是超越时代的，贾宝玉堪称楷模。

按照贾母的意思，贾府子弟顶顶要紧的是要拿出个正经礼数来。什么叫正经礼数？比如说外客未见，不能脱了衣裳。又比如吃饭的时候，儿媳妇、孙媳妇立于案旁捧饭、安箸、进羹、布让。贾母正面榻上独坐，黛玉、迎春、探春、惜春这些未出阁的小姐依次落座。丫鬟执着拂尘、漱盂、巾帕伺候着，人虽多，却连一声咳嗽不闻。寂然饭毕，上茶漱口，盥手毕，吃茶。这一点刘姥姥、林黛玉等人一进贾府马上就感受到了。这就是侯门礼数。

宝玉最害怕的就是父亲贾政了，但最敬的、礼数最齐备的也是对父亲贾政。只要贾政一叫，哪怕头上跟打了个焦雷似的，哪怕是要见被他讽刺为"禄蠹"的贾雨村、要见"中山狼"孙绍祖，宝玉也立马恭恭敬敬，绝无半点忤逆。他平日骑马经过贾政书房必下马以示孝敬，最不可思议的是贾政外出做官期间，他经过父亲大门紧闭的书房，也赶紧下马，以示孝礼。所以贾政虽"孽障"不离口，说到底只是以恨为爱，私下里不仅理解儿子的诗酒放诞，还悄悄替他留意着屋里侍妾的人选。

贾宝玉生得好看,所交往的朋友也才貌双全、风流潇洒。公侯北静王水溶一出场,头上戴着洁白簪缨银翅王帽,穿着江牙海水五爪坐龙白蟒袍,系着碧玉红带,面如美玉,目似明星;寒儒秦钟形容标致,举止温柔;浪子柳湘莲年纪又轻,生得又美;戏子琪官妩媚温柔。宝玉与他们引为知己,有时交换信物。在他眼中,他们只有相遇时间、地点、机遇的不同,没有身份、地位、权势的差别。他的社交真诚、纯净、简单,收获的友情也颇丰厚。

纨绔子弟的习气贾宝玉当然少不了。同党之间不做道德上的评判,有不轨之事宝玉当然不会揭发。薛蟠为人霸道自大,过生日时,有人送他粗长粉脆的鲜藕、大西瓜、新鲜的鲟鱼、暹猪,薛蟠要自己吃,恐怕折福。左思右想,除自己之外,唯有宝玉还配吃,所以特请宝玉吃生日酒,足见宝玉人缘之佳。

当然与宝玉沟通得最好的还是大观园里的小姐、丫头。他尊重她们,爱护她们,把未出阁的女孩子看作水做的骨肉,给她们与自己一样平等的地位,甚至愿意主动做她们的解语花、心灵的知己。他可以与黛玉吟诗作赋,与宝钗谈艺论道,也可以与晴雯一起撕扇,与芳官吃酒猜拳。他的世界里,摒弃了世俗社会男与女、尊与卑的等级分差,他在女孩子面前又肯做小伏低,屈己待人。他好得给身边人一种幻觉,好像日子可以永远这么过下去似的,温柔乡里,流水与浪花,少女与宝玉,日日月月永不分离。

【教育智慧点拨】

人际沟通能力是人在群体中幸福生活的必备能力,在教育实践中却是很多学生,特别是高中生的短板。为什么呢?唯我独尊的心理是一大阻碍,不知道怎么与人相处也阻挡友谊的脚步。贾宝玉的朋友很多,他虽非十全十美,但是很多优点还是可以学一学。

【教育随笔1】

与子偕声

防疫期间,"00后"的萱同学因封校在学校里待了半个多月,解封那天她发了条朋友圈,配文"爷免费了"。"70后"都很蒙,不知道她说的什么意思,最后还是她自己解释说"爷免费了",就是学校封校结束了,可以出校门了,"我自由了"。这句话来自《哈利·波特》里多比的一句感慨。它说"dobby is free",意思是"多比自由了"。"free"除了"自由"还有"免费"的意思,所以有人戏谑多比"免费"了。

文同学评论:"疫情还没给我袜子。"这又是什么意思? 文同学说的这句话也是出自《哈利·波特》,家养小精灵的主人给他衣物就代表放精灵自由。哈利·波特把自己的袜子夹在书里还给卢修斯,卢修斯又丢给多比。多比拿了书,看见袜子就代表卢修斯放他自由了,所以"疫情还没给我袜子"就是"我还在封闭中,还没有自由"的意思。

感谢两位"00后"教给我这么"潮"的网络用语,要不是和他们是微信好友,我大概要费些时间才能知道这两句话的意思。青少年有一套自己的话语体系,这个我在十年前就见识过。那时有个"90后"的女学生写文章,满纸都是"小正太""萝莉""御姐"这样的话语,让人蒙圈。好在她并不吝于指导我,热情地告诉我"萝莉"是小姑娘,"小正太"是小伙子,还说我就是"御姐"。

这几个词怎么来的呢? 我怀疑"萝莉"是纳博科夫的长篇小说《洛丽塔》女主角名字的缩写,网上一查,果然如此,代指所有娇小可爱的女孩。"小正太"由"正太控"一词发展而来。外形是男孩,且很萌的男性艺人、动漫角色都是标准的"正太"形象。至于"御姐",本义是对姐姐的敬称,源于日语,一般指外表、身材、个性和气质比较成熟的年轻女性。

这些网络用语虽然看着简单,但是根基并不浅。生活的丰富带来语言的丰富,文化的交流带来生机勃勃的语言生态。年轻人接受新事物的能力、融会贯通的能力、勇敢表达的能力更强、更灵活。游弋其中,中年人弄不懂就只能赶紧向年轻人学习。"儿童是成人之师"这句话绝非浪得虚名。

这不,近几年一大批新词又浮出水面。"狼人"意思是"比狼人再狠'一点'"。"雨女无瓜"是"与你无关"的谐音。"你品,你细品"意思是"你体会一下,好好体会一下"。"硬核"译自英语"hardcore",原指一种力量感强、节奏激烈的说唱音乐风格,近年来,引申成"很厉害""很彪悍""很刚硬"的意思,如"硬核规定、硬核玩家"。如果你听到有人说自己今天"emo"了,这是英文"emotional"的缩写。

这些网络用语,除了变化多端,有的还自成体系,比如"蒜你狠"系列,就有"豆你玩、姜你军、苹神马"……有的自我开疆拓土,比如"柠檬精",可以用来嘲讽他人,表达嫉妒,也可以用来自嘲。这些网络用语来源也特别丰富。"锦鲤"来自支付宝推出的年度活动,让这个词变成了运气的象征。"补刀"来自电子游戏,指的是给人最终一击。"不造"即"不知道",借鉴了古汉语中的反切,即把"知道"的"知"的声母和"道"的韵母合并,两个音节产生融合而变为一个音节"造",合音字兼有原词的音和义。"盘他"来自相声《文玩》。这些用语中精品不少,糟粕也存在。时间和实践的浪潮自会大浪淘沙,去伪存真。

写到这里,想起萱同学的"爷免费了",我问她一个女孩子为什么自称"爷",她发来八个字,"红红火火恍恍惚惚",这又是什么?原来系"哈哈哈哈哈哈哈哈"的网络表达。

【教育随笔2】

棍棒教育长大的"70后"怎么与"00后""共情"?

"70后"当初接受了落后的棍棒教育,现在他们的孩子"00后"开始进入中学并出现青春期逆反行为了。时代在进步,教育在进步。"70后"在计划经济时代的教育印记根深蒂固,如今与自我意识强烈、大多数又是独生子女的"00后"相遇了。同居于一个屋檐下,他们能"共情"吗?

"共情"是美国人本主义创始人卡尔•罗杰斯提出的概念,和"同感""同理心"同义,指理解另一个人在这个世界上的经历,就好像你是那个人一般。但同时,你也时刻记得,你和他还是不同的;你只是理解了那个人,而不是成为他。"共情"还意味着让你所"共情"的人知道你理解了他。

"70后"在小的时候不允许顶嘴,不许说违背家长意志的话,即便家长错了也不能随便指责。"00后"的孩子愿意表达自己,在社交软件上活跃,分享有趣的想法抑或展现特长,并获得赞誉和成就感。无论是参与某个想法的讨论还是自己做些什么,都令"00后"感受到被他人重视,这种参与感令人着迷。

有些"70后"的父母在单位是骨干,工作比较忙。他们生活压力比较大,很多人有房贷、车贷,工作劳累,休息时间少。孩子是生活的重心,也是他们打拼的大后方。他们大多数只生一个孩子,同时也对孩子有与自己不同的成长轨迹、人生观、价值观、世界观产生很多困惑。一些"00后"的孩子对学习缺乏热情,将更多的精力投入游戏里。诱惑无处不在,似乎什么事情都比学习更有趣,几乎没人单纯地热爱学习并全身心投入探究和钻研中去。然而社会是真实而残酷的,知识是高薪的敲门砖,这使"00后"强迫自己认为学习很有趣。"00后"多独生子女,也有着独特的三观。父母把他们视作掌上明珠,但他们不希望被家长束缚。父母一句句"都是为了你好"让他们难以反驳,逼着他们做出很多违心的选择。"00后"的孩子们大多很文艺,喜欢各种音乐,但在父母眼里这可能是不务正业。

"70后"的爸爸不爱逛商场,特别不爱逛服装区域,最多去逛逛家电区。他们对名牌不太热衷,更注重实用。"00后"的孩子们理所当然地把大城市的灯红酒绿想作自己的未来,向往奢侈品、潮牌,部分人慢慢习惯了超前消费。

"70后"的爸爸不热衷健身,因为小时候经历过物质困难时代,成人后他们的口腹之欲特别旺盛,与朋友聚会吃吃喝喝是他们生活中的重要内容。"70后"的爸爸们很多人难以保持健美的身材。"00后"喜爱健身,健美的身姿让人更加自信,无论男生女生,得空就会跑到健身房或者球馆,每个人至少有一项最爱的运动,并且会注意自己的身材。

由此看来,"70后"的父母与"00后"的儿女不仅是两代人,还基本是两类人。大到人生志趣,小到穿衣戴帽,他们很少雷同。很多"70后"家长,在孩子读高中以后,面对孩子像面对熟悉的陌生人。

那么"70后"家长应该怎么办?

第一,相信长江后浪胜前浪。生活在前辈开拓出来的伟大时代,"00后"习惯了和平,习惯了安逸,这使他们适应和融入社会的过程变得缓慢,经历挫折和失败后的恢复力也不及"70后"。但总有一天,

"00后"会明白担当和坚韧的意义,完成时代给予的考验。

第二,给孩子无条件的爱。"70后"家长的父母大多不擅长表达爱,在物资匮乏的时代注重孩子能不能吃饱。一个人在儿童时代没得到饱满的爱,这会影响他爱下一代。"缺爱"是"70后"普遍的特点。现在他们自己要无条件地给孩子爱,这与很多人的成长经验相悖,没有可模仿的先例,操作起来有难度,时不时会回到棍棒教育的老路上去。所以"70后"的家长得先舍弃那些熟悉的来自儿童期的爱的方式,接受进步理念,给自己时间慢慢实践,接纳自己的笨拙,学习同龄人先进的做法,经常自我提醒,久而久之,慢慢提高"共情"能力。

第三,感受"00后"的需求,懂得并看见他们的需求。互联网推动世界信息交流,两代人的差别客观鲜明。"70后"不能视而不见,自己可以不"潮",但是要看到孩子随着时代潮流奔涌的心,看见之后,要放下成见,学着接受;接受之后悦纳,悦纳之后"共情";"共情"生出共鸣,共鸣生出行动。"70后"家长可能很难成为孩子的知己,但也绝对不要做一块招人厌的"绊脚石"。有的时候不是孩子们走得太快了,而是家长走得太慢了跟不上时代的发展;不是孩子们轻率决定,是家长接收的信息不全面,才有那么多看不惯。"共情"要"懂得","懂得"才能"看见",四两才能拨千斤,否则,只会用蛮力,孩子的心会静悄悄关闭。钥匙只是一个小铁片,可以打开一把巨大的锁,而棍棒再大只能把锁头砸烂。"懂得"是"看见"的关键。

第四,做最先原谅孩子错误的那个人。注意是错误,不是罪恶。犯错会伴随孩子的整个成长期。家长不原谅自己的孩子,又能指望谁去原谅自己的孩子呢?

第五,不把孩子当作生活的唯一重心。这并不是倡导家长不重视孩子的成长,只是不把孩子的事情当做家长唯一重要的事。可以把"00后"的孩子当作同事相处——彼此尊重,保持距离;工作支持,人格独立。

没有"共情"的陪伴等同于没有钢筋的楼。"共情"是一种能力,需要学习,对家长来说也是一种心灵的成长。很少有人天生就会与孩子"共情",辗转于新时代与旧时代的"70后",赶紧学起来,活到老、学到老。

谁在《红楼梦》里做梦？

贾府的嫡系男人们，仗着祖宗的荫护，袭爵位、住豪宅、享富贵、骄纵放浪。自贾赦开始，没有一个男子能为新皇帝开疆拓边、纵横外交、兴修水利、赈济百姓……贾政除了把元春送进宫里，在仕途职位上也不过奉公守法而已，并无特殊贡献。贾珍、贾琏有些办事才干，但其范围不出荣宁二府。至于宝玉，连处理贾府内部事务的能力也没有。贾府的男人能力渐趋老化，没有战斗力就没有生产力、抗外界风险的能力，继续承袭富贵简直像做梦。

另一个做梦的是林黛玉与贾宝玉。爱情产生了，两个人谁也不为未来做打算。贾宝玉是"凭他怎么后手不接，也短不了咱们两个人的"，完全脱离现实。林黛玉也没往长远里看。王夫人出身好，生儿生女，在婆家后来者居上；王熙凤齐家理政，为贾府出力出心，大权在握。做宝二奶奶的基本功少不了接手熙凤事务——酿怡为露、盐梅以和、调香制豉、烘兔酥雉……这些耗费心力气力的事儿，就算贾府不缺人参养荣丸、燕窝粥，黛玉也得有个好身板才能撑起来。管人、管事、管钱的本领也还要继续学习。贾母、王夫人、王熙凤都是现成的老师。可惜，黛玉冰雪聪明，捧着美玉无瑕的爱情，只还泪，不打算。这种不接触现实生活的爱放到哪里都是一场没有未来的梦，不用等贾府倾倒，他们自己就被时光冲散了。

　　丫头里也有做梦的，晴雯便是一个。她被贾母指派伺候宝玉，是候选侍妾。晴雯恃宠而骄，到小厨房搞特权，打骂丫头，撕扇，不把上了年纪的管事娘子放在眼里。在晴雯心里，"只说大家横竖是在一处"，不想凭空被冤枉，被撵出贾府，有冤无处诉，病气而死。晴雯是做着玫瑰色的梦来面对未来的。她的梦和宝玉捆绑在一起。她忘了，想做宝玉跟前人的不止她一个，在弱肉强食的丛林社会，她有别人就没有，使力不使心，自然被淘汰。

　　美梦变现，才是人心所向。《红楼梦》太美，美到梦碎还是美，哪一个是曹雪芹的写作初衷呢？

晴雯撕扇（王雨萱临摹）

【教育智慧点拨】

梦想与空想,一字之差,结果却相去甚远。梦,可以沉浸,也可以醒。梦里想的事情醒了以后要有打算,有行动力,还要有人帮助,才能实现。空想只需沉浸就可以了。《红楼梦》毕竟只是一部小说,虚构的人物拥有的虚拟人生,只在形而上中存在的。而读《红楼梦》的人却双脚踩着大地,如果少了踏踏实实的工夫,梦想几乎就等同于空想,所以还是赶紧从梦里醒来吧!

【教育随笔】

美好恰在流动中

由于上班时间早,我打车较多,能够接触到很多出租车司机。

有一天堵车非常厉害,眼瞅着我心烦,司机师傅等红灯的间隙拿出一个放音乐的小匣子。他问我:"你喜不喜欢听音乐?我放首歌给你听。这是我自编自唱的,是写给我老婆的。"见我很好奇,他就放了起来,是港台爱情歌曲的旋律,歌词是司机师傅填写的。"你是红梅花儿开,我是喜鹊站枝头,老婆老婆我爱你,石头打来我也不飞走。"这歌词写得太有意思了,比兴手法令人忍俊不禁。司机师傅唱得流畅而饱满,专业又出人意料。我立刻意识到我遇着高人了。虽然这个师傅发音带有浓重的地方口音,但是唱功一定受过专门训练。见我感兴趣,他兴致勃勃地告诉我他早先跟着乐队南下演出的经历,又兴之所至打开伴奏音乐,即兴为我现场唱了几支歌。音乐弥漫在出租车小小的空间里,我身边的他虽然穿戴臃肿,但是唱歌时压抑不住的神采飞扬让他瞬间气宇轩昂。他唱二十世纪九十年代初港台明星的成名作,每个人的作品只学一首,声音穿云裂石,不亚于原唱。要是把他推到舞台上,定会获得如潮的掌声……不知不觉目的地到了,我的焦躁早不知跑到哪里去了,只觉得还想再听一会儿,在这个美的空间里再待会儿,在这样懂生活、懂音乐的草根乐手身边多享受一会儿。

有一位师傅看到我的目的地是学校,就问我是哪里毕业的。我说是师范大学。他骄傲地对我说:"我女儿是哈尔滨工业大学毕业的。""好厉害!""当然!当年我鼓励女儿好好读高中,考名牌大学。""后来呢?""后来我手里的钱不够呀,我就开出租,多挣一点钱给女儿交学费。今年我女儿本科毕业了,在上海找了工作,又找了个本地对象,快结婚了。"他说话底气特别足,声如洪钟,骄傲之情溢于言表。谁知与这位司机师傅的缘分还有续集,后来不期然我又碰上了这位司机师傅,再问起他女儿怎么样了,他更高兴了:"结婚了,和女婿一起贷款买了房子。我一点心事也没有,就等着当姥爷了。"可能是职业的关系,我对这位父亲拼尽全力让女儿受最好的教育感到由衷敬佩。相信这位草根老爸的出租车会越开越开心,女儿就是他生活的动力和底气。

也有年轻的司机师傅,生活的动力就是自己。一个小伙子,二十五岁,干夜班,每天很晚才下班。别人觉得开出租车没出息,他不这样觉得,他总结了这个行业两大好处:第一,不用开会,不用上下班打卡,时间很自由;第二,不需要在同事人际关系方面花费心思,每月收入六七千,生活足够了。这位年轻的司机师傅孩子三个月大了。凭借个人的勤奋,他攒钱在城乡结合部买下了一处房子,现在正打算着再买个小一点的房把父母接来。他才二十五岁,未来长着呢。看他精力充沛、动作熟练的样子,我估计他的愿望一定会实现。他不是本地人,依靠勤勤恳恳的努力已经在青岛扎下了根。开车时他的眼睛特别亮,满载对生活的憧憬和具体打算。

我真心感谢社会上有这样一批踏踏实实的出租车司机帮我解决出行问题,祝愿他们工作时有好心情,心愿早达成,把美与奋斗的精神传递给更多的劳动者。

【21】

刘姥姥见林黛玉

王熙凤见了林黛玉，笑道："天下真有这样标致的人物，我今儿才算见了。况且这通身的气派，竟不像老祖宗的外孙女儿，竟是个嫡亲的孙女。"

贾宝玉见黛玉："两弯似蹙非蹙罥烟眉，一双似喜非喜含情目。态生两靥之愁，娇袭一身之病。泪光点点，娇喘微微。闲静时如娇花照水，行动处似弱柳扶风。"这是情人眼里出西施。

南安太妃见了黛玉，拉着细看，也极夸。薛蟠一眼瞥见了林黛玉，风流婉转，已酥倒在那里。就连众人见了黛玉，也觉其举止言谈不俗，有一段自然的风流态度。

黛玉之美、之娇、之敏、之灵动在贾府即便不能拔得头筹，也绝对是不能被忽略的。谁知刘姥姥进了潇湘馆，见窗下案上设着笔砚，又见书架上垒着满满的书，问："必定是那位哥儿的书房了？"贾母笑指黛玉道："这是我这外孙女儿的屋子。"刘姥姥留神打量了林黛玉一番，方笑道："这那里像个小姐的绣房，竟比那上等的书房还好。"读者若是"黛粉"，读到这里肯定不忿，刘姥姥明明刚刚还夸惜春"神仙托生"的，怎么见了黛玉一句夸奖也没有，难道黛玉还不如贾惜春？

唯一的解释，可能是黛玉的美不对刘姥姥的心。

潇湘馆两边翠竹夹路,土地下苍苔布满,中间是羊肠一条石子漫的路。进门之前,刘姥姥让出路来与贾母众人走,自己走土地,嘴上说着没事,脚底下却咕咚一跤跌倒了,幸好她自己爬起来。七十多岁的人了,经不住跌,可刘姥姥居然没事儿,可见其身体之硬朗。这么不体面地摔跤,她却没事人儿一般,爬起来一边笑,一边自嘲。这内心得多么强大才能视尴尬如无物?

经历漫漫人生、带着乡土气息、身心健壮的老太太,她心中的美人儿是什么样子?最起码得和她一样健康红润、心胸豁达吧。而这些都不是林黛玉的特点。黛玉是常年吃人参、燕窝,靠银红色窗纱来增加一点血色的女孩,是去趟寺庙回来就中了暑的"美人灯儿",风吹吹就坏了。

黛玉没有田间地头野草一样的生命力,甚至连普通女孩的健康也没有。她的美不接地气,没有根,她不是刘姥姥喜欢的类型,因此刘姥姥视而不见。

【教育智慧点拨】

刘姥姥是劳动人民,她去潇湘馆里做客,走着走着,摔了一个大跟头,可是她爬起来像没事人一样。劳动人民眼中的美首先是健康、健壮、坚强的,其次才是琴棋书画、吹拉弹唱。林黛玉不入刘姥姥的眼,说明林黛玉的美是病态的。病态美固然也美,但是总不长久。

【教育讲座】

注重审美的亲子教育

主持人郭华主任:欢迎各位家长在周末来参加学校活动,看得出来,家长非常重视孩子的教育和发展,对你们的到来,我表示热烈欢迎!今天我们的讲座是青岛市教育系统机关干部名师名校长开设的"家长大课堂"家长面对面活动中的一部分。这是全市的活动,今天在我们青岛西海岸新区第一幼儿园开展,非常有幸请来了咱们青岛市教育系统机关干部"名师名校长"宣讲团里的名班主任曹春梅老师!下面让我们用热烈的掌声欢迎曹老师!

曹老师:各位家长大家好!很荣幸今天能在这里与大家见面,感谢郭主任抬爱,让我有机会就"审美"这个话题与大家沟通交流。我来自青岛十七中,是班主任,也是高中语文教师。好久没进幼儿园了,此次参观,我看到当代幼儿园充满人文底蕴和科学精神,既美丽又有智慧,时时刻刻、事事处处关注儿童发展,真替孩子们感到幸福,为青岛的幼儿教育感到骄傲。

孩子怎么养都会慢慢长大,但是长大与长大还是不一样。就像玉米,播种之后,精心培育一个样儿,被人遗忘又是另外一个样儿。虽然都能结出果实,但是收成大不相同。咱们的孩子目前3到5岁,在座的家长恐怕人人都希望自己的孩子成长为同龄人中的佼佼者。那么孩子从3岁入园到18岁成人,作为家长,我们应该给他们怎样的教育、关爱来使他们身心健全、全面且可持续发展呢?

让我们一起眺望18岁的生命状态,反过来思考我们当下的教育。大家请看青岛十七中高三学生考前百日誓师的视频。百日誓师时,家委会为学生画了一条大鲤鱼,暗含"鲤鱼跳龙门"的吉祥寓意,18岁的少年们自己拍摄了这段视频。绝大多数同学健康阳光,强壮自信!在座的家长朋友们,我们心目中自己的孩子是不是也是这其中的一员?甚至还可能更好。见过好的,我们再见见那些反复被语言暴力折磨的孩子。(观看视频)痛心!导致这一结果的原因很多,其中有一条是父母的语言暴力摧毁了他们的自尊心和上进心。语言有很大的力量,既可以促人向上,也可以逼人向下。重视审美的亲子教育就是提醒父母在家庭教育中时时刻刻、事事处处心存一份美,存一份小心,将美的因子渗透进家庭教育的诸多细节中,从而培养出身心健康、有能力获得幸福的孩子。

亲子教育中的"亲"就是父母,"子"是子女。"亲子教育"即父母对子女的教育。审美中的"美"是个会意字,从羊从大。学术界有多种说法,我们取其中的两种。第一种说法是羊养大了,养肥了,吃起来很甜美,所以羊大为美。第二种说法源自最初的甲骨文。美是一个人形的人,戴着一个羊的头饰,载歌载舞,这非常美。两种说法的共同点是,美,带给人愉快的感受,这是一种主观的体验。审,意思是细心地去考察。"审美"一词,《现代汉语词典》中解释为"领会事物或艺术品的美"。审美教育不是培养美术特长,也不仅仅是培养孩子唱歌、跳舞、学表演。审美教育是培养人认识美、体验美、热爱美和创造美的能力的教育。2018 年 8 月,习近平总书记给中央美院老教授的回信中就强调:"做好美育工作,要坚持立德树人,扎根时代生活,遵循美育特点,弘扬中华美育精神,让祖国青年一代身心都健康成长。"

当代美育有三大支柱,第一大支柱是社会美育。不知道在座诸位有没有留意到,从前年开始,青岛多了很多讲座,美术馆、博物馆的文化活动非常活跃。青岛美术馆两周前展览青岛十七中毕业生的作品。崂山美术馆正在展示的是丰子恺的生平及漫画。以前有人说青岛是文化沙漠,但是这几年形势非常好,博物馆、美术馆、文化馆的讲座、展览,不管是商业的还是公益的,数量都很多,这里面有政府的大力扶持。总之社会美育方兴未艾。

第二是学校的美育教育,学校美育教育也在加速提质。我来的时候从一楼走到三楼就能看出,咱们这所幼儿园,它对美育是非常重视的。无论是小班还是中班,都有师生一起动手制作的手工。刚才郭主任带我到小班参观了一下,小班的孩子早晨来了和老师打招呼有六种方式供选择,这六种方式就贴在外面的墙上,而且贴的位置是我们成年人小腿的高度,适合小班孩子的身高,这就是师生之间的人情美教育。

走廊上装饰着淡蓝色的水母、红色的灯笼、深蓝色的牛仔裤布条,还有"蛟龙号"潜水器,孩子们玩过的玩具贴在黑色的方格纸板上做墙饰,美不胜收,有想象力,有智慧。可以说,幼儿园、小学、初中、高中在美育这一领域都是精心布局,加速提质的。

第三就是比较薄弱、没有引起普遍重视的家庭中的审美教育,这是基础教育阶段不能忽视的。首先,部分家长重视度不够。其次,部分家长的审美素养不够。虽然大家小时候也学过特长,上过课外辅导班,但是要达到育人的水平还要继续学习。再次,部分家长对家庭美育理解错误。他们周末带着孩子学各种技能——上午美术、播音主持,下午钢琴,然后再练个跆拳道,以为这就是美育,可这是美术技能的培养,不完全是美育。家庭美育是父母培养子女认识美、体验美、热爱美和创造美的能力的教育。

家庭是美育的摇篮,特点是润物无声,但影响深远持久。家庭环境是孩子认知世界的基础。它默默影响孩子对自然社会的认知,对文化的体察,对品德修养的建立,审美观念与价值体系的养成。

在家庭审美教育中,我们要教给孩子人情美。人情指人的感情。善良是底色,是美,是人情的源泉。"人之初性本善",每个幼儿心底都有一颗善良的种子,家长要在日常教育中以身作则,用善良播种善良。我们来看一个案例。俊毅 17 岁,他是卫生班长,高二结束要上高三了,需要换教室。高二的最后一天,我们打扫完卫生,同学们放学,老师下班。离校以前,出于工作习惯,我到班里看了一下。结果在黑板上发现俊毅留下了一段话:"留给 2010 级 2 班的同学,教室留给你们了,好好爱惜。卫生工具、粉笔什么的留着用吧,遥控器在讲桌里。高二要抓住,珍惜,加油! 2009 级 2 班诸学长(姐)。"作为家长,如果这是你的孩子,你是不是会非常骄傲?对! 我看了之后心里骄傲极了,赶紧拿出手机拍下来。多么宝贵、多么美好、多么善良友爱的心灵。我当然可以说,这是我的学生,我很骄傲,但是这份骄傲更多的应该属于这个男孩子的家长——这是家庭教育的成功。俊毅中考的时候成绩一般,高考却考上了一所著名的大学,现在在上海研修。一个孩子,身体健康,勤快细致,品德高尚,心地善良,知人情懂世故。如果三年来他什么都好,只有学习不好,这是不太可能的。成绩暂时在后面,早晚有一天会追上来。所以在日常生活中,把真、善、美种在孩子的心里面,比带着孩子上辅导班更重要。

其次,亲子教育要给孩子宽容和温情。中国美的底层土壤是中国的文化,就隐藏在家庭生活的衣食住行、言谈举止中。在家庭中母亲的作用最大:母亲宽容则孩子往往宽容,母亲温和孩子也往往温和。我们一起来学习一位母亲——胡适先生的母亲。在民国时有一句流行语:"我的朋友胡适之。"这是一个相当高的评价。诗人徐志摩、建筑师林徽因、文学家凌叔华……上流社会的很多人与胡适为朋友不稀奇,但是贩夫走卒、引车卖浆之徒也会这样说,那就非常了不起。为什么上至权贵学者,下至最底层的老百姓都愿意和他交朋友?因为胡适先生和气、宽容而且愿意帮助人。胡适先生曾在自传中回忆自己的母亲冯顺弟,他说:"如果我学得了一丝一毫的好脾气,如果我学得了一点点待人接物的和气,如果我能宽恕人,体谅人——我都得感谢我的慈母。"胡适先生从小就失去了父亲,母亲在大家族里做主母,处理各种家务、债务及纠纷,很不容易。胡适先生小时候做错事情,他母亲很少当众批评他,而是到了夜深人静,把门关上,先责备,然后再责罚。孩子可以哭但不准出声。为什么?因为批评孩子不是给别人听的,她非常照顾孩子和自己的尊严。大家庭很复杂,她把上上下下,特别是妯娌、媳妇的关系处理得妥当,归根结底是温和、善良、隐忍、宽容、有志气。这就是种子,种进儿子的心里。上下人等都愿意跟胡适成为朋友,与胡适先生的待人平等、宽容平和、乐于助人不无关系。这就是来自母亲的影响。

好,我们放松一下听一首诗,《从前慢》。

从前慢
木心

记得早先少年时 / 大家诚诚恳恳 / 说一句是一句 / 清早上火车站 / 长街黑暗无行人 / 卖豆浆的小店冒着热气 / 从前的日色变得慢 / 车,马,邮件都慢 / 一生只够爱一个人 / 从前的锁也好看 / 钥匙精美有样子 / 你锁了 / 人家就懂了

木心画画,写诗,写文章,在二十世纪八十年代初留美的青年艺术家中有很大影响。他的故乡乌镇专门为木心建立纪念馆,木心晚年就在乌镇安身安魂。木心的童年,家庭教育重视美育。"少小的我已感知传统的文化,在都市在乡村在我家男仆的白壁题诗中缓缓地流,外婆精通《周易》,祖母为我讲《大乘五蕴论》,这里,那里,总会遇到真心爱读书的人,谈起来,卓有见地,品味纯贞……"他的外婆精通

《周易》，他的奶奶可以讲佛经，而且你看男仆醉醺醺了之后可以在白墙上题诗，女佣人会唱歌谣，都那么美。潜移默化的家庭教育，是儿童眼中的世界与生活。

有一次木心的母亲和姑姑到山上请和尚做法事，木心也跟着去了。小孩子不爱吃斋，方丈非常懂孩子心理，他就送给木心一个天青色的越窑盌，很美。木心母亲把米饭放在这个盌里面，小孩子就爱吃了。法事做完，母亲领他坐船回家。船即开之时，木心突然想起越窑盌落在寺庙里了，小孩子都任性，他就坐在木桩上不动弹非要拿回来。母亲没办法，只好请一位年轻的船夫回寺庙拿。船夫不错，跑上了山，因为距离比较远，全船的人都在等着，木心这时候心里就有点儿后悔。后来船夫回来了，全船的人都很高兴，都宠着这个孩子。上了船以后，木心很开心，拿着越窑盌坐在船边上舀水泼着玩。一不小心，越窑盌掉水里去了。木心自觉对不住方丈和船夫，也不知道怎么向母亲交代这事儿。正在这时候，木心的母亲端着一碗零食向他走过来。

好，大家思考一下，如果我们就是这位母亲，碰到这种情况，我们会怎么处理？

木心的母亲沉吟着说了一段话。"有人会捞得的，就是沉了，将来有人会捞起来的。只要不碎就好——吃吧，不要想了，吃完了进舱来喝热茶……这种事以后多着呢。"木心后来说："现在回想起来，我的一生中，确实多的是这种事，比越窑的盌，珍贵百倍千倍万倍的物和人，都已一一脱手而去，有的甚至是碎了的。"这位母亲一定是洞察了很多世事，才知道用这样一种充满哲理的、温和的态度来对待孩子的不小心。这件事若发生在我们的日常生活中，我们先呵斥两句，把心里的气撒出去再说，可能是常态。但是呵斥可能就在孩子心里埋下了一个处理坏情绪的榜样。木心的母亲没有这么做，而是温言软语地说了一番很有哲理的话，所以后来木心坐牢，木心出国，木心贫穷到一无所有，他不低头，因为他心里有爱的火苗。他洞悉了生活的苦难，但是没有被折磨得不成样子。这就是母亲当年把美种在智慧里，用温和、宽容的态度和语言表达出来，帮助孩子建立一生的心理安全机制和语言表达习惯。

再次，亲子教育要重视培养子女的艺术思维。

艺术思维是以情感、符号和形象为基本要素的思维方式，艺术思维让人不断思考自我局限性，并从中找到突破的方法。艺术思维对于创新创造能力的培养至关重要。我们将来的社会是智能时代的社会。智能时代很多工作可以由机器人完成。未来做什么工作，才能够适应时代要求？那就是创造性的工作，这是当下的机器人所不能替代的。培养创新和创造能力，艺术思维可以助一臂之力。

拓展艺术思维有以下几条途径可以实施。

第一，将自然美作为家庭美育的重要内容。

丰富的自然环境是最好的美育素材。幼儿园的孩子小，回乡村老家，去沙漠旅游，去海滩……都是不错的选择。在家里可以怎么做呢？

春夏秋冬四季更迭，风霜雨雪阳光，沙丘泥土树木花草，鸟兽虫鱼……我们可以把日常的生活美育化，比如领着孩子抱一抱一棵很粗的树，感受时间的存在。秋天树叶子变黄，找一些很大的叶子，在上面写"秋"或者一首诗。桂花开的时候，问问孩子桂花有什么用途。孩子们都会背唐诗，那看着桂花能不能再作一首诗？带着孩子一起，可能就真的作出一首来。住宅小区或者公园里有不少小池塘，在保证安全的情况下，让孩子玩玩水，然后给他们一本本子，让他们涂鸦。

所有的孩子都是天生的艺术家,随心所欲地画,才能把自己的心灵与大自然融为一体,身体放松,精神上受到滋养。坐下来静静陪着他们,可能他们只能画二十分钟,可能歪歪扭扭画不好,都无妨。在一起享受日常生活中的美最重要。画好了,爸爸妈妈在旁边题上一首小小的诗,可能咏春,可能吟秋,图文结合,这个行为本身就非常美。

聪明的家长已经发现了,这个教育环节需要家长首先有一双发现美的眼睛,在孩子面前保有一颗诗情画意的童心。这样的引导,并不需要花很多钱,也不需要带着孩子走多远,就在点点滴滴的生活里面,把美交到孩子的手里面。因此,家长要多带孩子走进大自然,让他们在玩耍的过程中用手、用脑、用心感受,如何与万物共存,形成丰富独特的感知。

对大自然的感知是滋养人一生健康审美意识的丰厚土壤。再往远处看一看,著名作家沈从文先生著作多多。沈先生在湘西的水边长大。他所有的作品里面,哪些写得最出色?总是水边的人与事。那是他童年时代的重要生活烙印。如果艺术思维要拓展实施途径,那么将自然美作为家庭美育的重要内容,从幼儿时期就开始培养对美的感知,待到成人自立,效果自然显现。

第二,在节庆习俗中引导孩子认识社会文化之美。

中国现在的节日非常多,各种节日都离不开吃,离不开食物。法国有一种教育叫做食育——食物的食,育人的育。包饺子,不管包得是否好看,在做的过程中孩子可以动手、动脑、合作、互助,感受到食物之美,体验到动手的快乐。这就是在节庆习俗中渗透文化之美。每年二月二我们家长和孩子一起炒豆子,然后在旁边让孩子对豆子口述几句话,替他写下来。春节装饰家,我们与孩子一起做手工。从食物制作,到家庭装饰,再到日常礼仪,传统节日习俗里蕴含着丰富的人文思想,表达着人与自然、人与人、人与族群的关系。这些是日常家庭生活塑造孩子审美情趣的基础材料,家长应该充分利用进行家庭美育。

第三,将礼仪美作为家庭美育的重要内容。

世界顶级礼仪大师威廉·汉森说:"善于观察的人,只用一顿饭的工夫,便可知你父母的生活背景、你的教育背景如何。"足见礼仪的重要性。

(1)日常用餐礼仪

入座夹菜长辈先,不可用筷来敲碗。

不可吃饭咬着筷,夹菜不过盘中线。

不可夹菜胡乱翻,不可碗中直立筷。

不可当众剔牙花,不可用筷把菜窜。

不可吃饭吧嗒嘴,不可看人斜楞眼。

不可坐着还罗锅,不可当众抖落腿。

(2)日常待客礼仪

日常待客礼仪也是家庭礼仪美育的一部分。

迎接客人,孩子首先要用问候语"叔叔好""阿姨好"。客人坐好后,孩子要帮助爸爸、妈妈为客人端上饮料、水果。大人谈话时,孩子在一旁要安静地陪坐一会儿再离开,不可以随便插话,或者是在一旁大声喧哗、乱蹦乱跳。有客人来访,孩子要换上较为正式的服装,不要穿内衣或睡衣接待客人。客人离开时,孩子要主动到门口道别。师长来访要送到家门口,至少要送到楼下。

每年班主任都要家访学生。我的学生十七八岁了,家访的时候我也会留心观察他们待客的礼仪。有一年冬天,天很冷,我们四个老师去家访。学生为了迎接我们特意换上了一身新衣服。这个做法是对的,说明他是讲究礼仪的。但是这身新衣服是一套崭新的紧身内衣,孩子还光着脚,因为家里有地暖。这就带来另外一个问题,四位老师离开的时候,孩子不能出门送,连电梯口都没有送到,显示了家庭礼仪教育在细节指导上的不足。

还有一位女同学,今年已经工作了。她读高中二年级的时候,我们到她家里家访。孩子父亲很讲究礼节。他怕自己不会讲话,特意到镇上请了孩子的初中班主任来陪着老师们说话。走的时候起雾了,孩子父亲担心高速封路,连打了几遍电话问我们回程安不安全。小姑娘有志气,本科、研究生学校都就读"211工程"院校,现在留在省会工作。她读研时放暑假,从重庆回青岛,只有十天假,路上来回就要八天,在家仅仅休息两天。就这两天,父亲还敦促她赶紧坐长途汽车探望高中的班主任。除了学习力,良好的家庭教育给了这个学生一颗感恩的心。我们从这件事也可以预见这位同学未来的可持续性发展力,父母给了她很好的指引。

第四,要鼓励子女在动手劳作中认识美、体味美。

康德说:"手是人类外在的大脑。"科学家研究证实,良好的动手能力能有效促进孩子动作技能的发展,而动作技能的成熟不仅可以提高孩子的身体素质,还能提升大脑的抽象思维能力,让孩子在阅读、写作和计算方面更胜一筹。孩子动手去操作,不论是多变的还是重复的,粗犷的还是精细的,都会产生身体上的感受,从而传达到大脑中形成认知,这种改造事物的经验会在主观和客观之间架起一座桥梁,强化他们的信心,萌发进一步的创造。

主持人郭华主任:曹老师今天带给我们的讲座非常精彩,让我们再一次用掌声表示感谢。

爱得大刀阔斧，爱得细密温暖

贾敏死后，贾母立刻把林黛玉接到身边，免得她落入晚娘之手。林父去世，贾母定要贾琏护送黛玉来回，以免她流落远亲之手，前途不测。在重大问题上，贾母爱黛玉，爱得大刀阔斧。

在荣国府，除了给黛玉配人参养荣丸，把黛玉和宝玉留在身边给自己解闷外，众人并不见贾母对黛玉怎么额外更疼爱。她从未公开把雀金裘、凫靥裘之类价值千金的好衣裳赏给黛玉，为她招来嫉妒，她的爱洒在日常，如春风春雨般，一丝一丝无声地滋润。饭桌上有好菜品让丫头给林黛玉送些去；喝西洋参汤也给黛玉独留一份；听宝玉说黛玉需要燕窝，马上让人每天送一两；大观园冬寒，王熙凤建议开小厨房，照顾宝玉和娇弱的黛玉，贾母立刻答应；过年放鞭炮，知道林黛玉禀气柔弱，便搂她在怀中；黛玉病了，贾母吃罢早饭来探视一次，晚上看戏回来又探看了黛玉再回房。更有潇湘馆里窗纱旧了，没人注意，唯有贾母看得见，指点王熙凤换银红色的软烟罗与馆外翠竹相呼应，也给苍白的黛玉补充些少女的血色。冬日枯寒，潇湘馆最暖和。暖和不正适合病弱的林黛玉吗？伺候黛玉的紫鹃原来是贾母身边的二等丫鬟。为什么是二等？因为对于黛玉来说，忠心耿耿、服侍周到是第一位的，贾母颇为看重的模样、针线倒在其次。果然贾母的心意被紫鹃细细密密地落到了实处。她把黛玉的每一个细节都照顾得熨帖。不仅如此，紫鹃还曾和贾宝玉说："你知道我并不是林家的人，我也和鸳鸯、袭人是一伙的。偏把我给了林姑娘使，偏生她又和我极好，比她苏州带来的好十倍。一时一刻，我们两个离不开。"黛玉日常也需要钱，她不说，贾母私下里主动派丫头悄悄送来，让黛玉手头宽绰。黛玉虽然寄人篱下，但是大观园里对上对下的人情世故，她心知肚明，且出手大方，不落闲言碎语。在女孩子读书这件事上，贾母虽嘴上说"些许认得几个字，不做个睁眼的瞎子罢了"，可是带着刘姥姥参观黛玉绣房，见架子上垒着满满的书，贾母又满眼带笑掩饰不住内心的得意。

她是外祖母，也是老母亲，尽了力帮黛玉填充渴望爱与温暖的心灵。在她的呵护下，黛玉虽然爱哭，爱对着宝玉耍小性儿，但到底活泼俏皮、聪明伶俐地长大了。

一个普通的雨夜，宝玉舍不得用贾母赏的"玻璃绣球灯"照路，黛玉把自己的那个慷慨地送给他。这灯，原来是一对儿，"不是冤家不聚头"，贾母的话里软埋了一个认可。连二等仆人兴儿都知道，"将来准是林姑娘定了的"，这样不着痕迹的表达，多愁善感的黛玉可曾参悟？

【教育智慧点拨】

爱是个古老的话题，给对方需要的、适合的爱，需要一双能读懂对方需求的眼睛，也需要智慧的心灵能适时地表达。

【教育随笔 1】

沛贤,你有一对隐形的翅膀

序:沛贤偶尔考试失利,心情低落,在班级里痛哭流涕。一众女孩儿闻声相与落泪。身为班主任,见此情状,作诗以安抚沛贤情绪。

真的,在某个隐秘的空间

上苍把一捧秘密的种子给了你

推你下凡,笔底生花,足袜生尘

在某个神秘的地方

你有一对隐形的翅膀

蜻蜓那么透明,蝴蝶那么美

与生俱来,与众不同

在纸上,在作文的红格子里

在每一首诗,在宋词天青釉色的底子里

你,那么令人心醉神迷

"每个女孩子都可以做一辈子女孩子"

听你这么说的时候

真想陪你吃一辈子盐水花生

听苏格兰小号

看夕阳把半天染成西瓜红

酸酸甜甜的日子

你额前长发拂着杏眼桃腮

独特的嗓音千米之外也听得到你

笑响的铃千米之外也认得出你

温和的笑容温和着春天的轻扬飞絮

风没有来

我只是听到了你的声音你的气息

多么好的一个天使呀,有翅膀的天使

所有关于你的声音都是翅膀的声音

要好到多么好才能与你在同一个屋檐下一起成长

要好到多么好,才能对你说

我们曾经认识,真的,早就认识

在天边最远最远的那片云上

你和风

和一些落到人间会变成文字的种子

而没有谁会过得容易

织女被一只金钗划伤了爱情

嫦娥的广寒宫冻住的也不仅仅是忧伤和悔恨

河神的女儿被大地母亲变成了月桂

美丽的阿芙洛狄特一生未有属于自己的爱人

沛贤,你看,雷霆震怒的时候天界集体失声

众神平等,众生平等

而翅膀只有长出羽毛

岸上的杨柳青才能变成思慕中梦的花朵哪

我年轻的沛贤

你的羽毛在你的身体里呀

必须填满足够的粮食才能飞翔

如果你也认出了你自己

认出自己非同凡响的模样

那么用浓密得像头发一样多的身体的叶子

编织成一对隐形的翅膀

把所有吃进去的麦子变成血肉与骨骼

自己发光

自己发热

自己飞吧

我的爱

回到原来的面目

回到每一个日出都是天使的早晨

第二日,沛贤激情属文相和。

春梅芳鉴(一)

我坐在教室里,搂着被子,天已经热起来了,蝉在泥土里蠕动,于是我怀着热烈的喜爱和急躁的迫切给你写信。鼻尖冒着汗,可是我却只想着再快一点,用我的生命和灵魂向你讲述那些我可以说的、说不清楚的张狂,或者隐晦的、可怜又真实的感情。

我的字迹笨拙,语言又苍白,只有奔涌的一腔爱意,这是我说的,我就是要偏激又执拗地说,这爱意要凭你私有,管它什么富士山呢?我忍不住地哭,却写出了又固执又幼稚的东西,真是矛盾又奇怪。我诓骗自己,这开心与你没有关系,又说服每个兴奋的细胞别再惦记着你柔软的脸颊。

我该写些优雅的东西给你看，像塞林格的小印刷工，可是我的努力完全是徒劳。只想着你穿着睡袍煎几个蛋黄流动的鸡蛋的样子，晨光从渔樵耕读的挂画旁穿过，投在瓷砖上。你的脸上有细软的绒毛，那是小姑娘的年轻和鲜活。春日负暄的时刻，你该支棱着腿在草坪上打盹，可是煎蛋的味道传过来，我又觉得这也很好，囿于厨房与爱的不只是你，但特别是你，幸好是你，合该是你。

"我见青山多妩媚，料青山见我应如是。"我见你春秋万载的美丽鲜妍，从此青山只是青山，春风只是春风。浮云庄严和白日温柔都凝固成石，你才是梦里的铁马冰河，风里的欣欣向荣，渡口旁的杨和柳，还有三百六十五天的糖水和热汤，肩上的星群与落下的华发都唱着你的名字，依依又依依，夜夜探故里。

他们有趣又多才，写"泠泠砭肌发，疑是晓寒生"，写山海和所爱，写高山险路和阔水狂波，每个字都沉稳，隔着屏幕和纸张都可以看到的爱意汹涌而来，势不可挡，无人能及。

可是我不行，我做不到。我只能想起你闻起来的味道。有点儿泅开的口红，闪着光的胸针，海豚石似的裙子，还有走着路会跳起来的娇憨，这些都微不足道，没有办法变得令人敬畏，不可以叫人传诵。但我又想到，也许这才好，只有我一个人知道的小秘密，在心尖上缓慢地发酵，冒出些温吞的气泡来。

所以我又笑起来，感受到无法阻止的喜欢蔓延开，平和又安静，像浸在热水里，懒洋洋地把浴盆里的橡皮鸭子戳得"咯吱——咯吱——"，和船坞里的小船摇起来的声音一样。

大家说"春风十里不如你"几乎成了定律，好像这就是教科书上的喜欢，不容置疑的正确。

我偏不！我要这样说："十对烤翅、芒果班戟、流心芝士、甜辣凉皮、香草冰沙、红豆蛋挞、椰丝奶冻、脆皮猪排、北极凉虾、油炸薯球、咸味鱼子、牛油面包、煎饼馃子……不如你。"

不如你。

通通不如你。

我可以把没有籽的西瓜、淌着糖浆的巧克力派、冰得刚刚好的榴莲千层送给你，你知不知道？

我要永远爱你，永远扯着你的衣角，永远给你汪着水的眼神，还要永远把你放在心窝里——

这些，我都在上天面前答应过了。早在九个月之前，在我看到你的第一眼。

春梅芳鉴（二）

森林听见风声，黑夜缠绕星辰，鲸鱼拥抱海洋，我遇到了你，都是那么美好的事情，让人从蒙昧的深渊里挣脱出来。我曾身处茫茫人海，也曾踏过高山险路和阔水狂波，可是你点亮了一盏灯，灯下有你的轻软呼吸和漆黑瞳仁。我才知道那里会是我想去的地方。你是我生命里始终的独一个啊，我用笨拙的话语和狼狈的字迹喁喁发声，试图将爱意袒露。我已经答应过了啊。

沛贤敬上

【教育随笔 2】

教育爱

苏联作家米哈伊尔·阿法纳西耶维奇·布尔加科夫在《大师与玛格丽特》中说："谁在爱，谁就应该与他所爱的人分担命运。"这句话颇让人心动，让我想起二十多年前，教致明班的一些往事。

致明班因美籍华人万致明女士 1995 年在青岛捐资助学而建。青岛十七中承接办学任务，励精图治二十三年，为高校输送了大量优秀人才。在这二十多年里，我有幸担任过六年正班主任，四年副班主任，见证了很多来自农村的优秀而贫困的学子通过知识改变命运。2020 年初疫情严重时，这些学子中的优秀毕业生奋战在抗疫一线，回报万女士、学校、社会、国家当年对他们的栽培，非常令人欣慰。

一个学生只要爱学习、肯学习，教师都会对他产生教育爱。教育爱不同于父爱母爱，它多一层理性，多一层教化，多一份担当。家访的时候，走进一个农村的家庭，看到家里摆设简单，被褥陈旧，但是贴满了孩子奖状的墙在闪闪发光，我就感到这个家庭特别有希望。因为这面墙就是重视教育、关注未来的象征。这个家庭的孩子只要肯学、愿意学，教师没有不尽心的。不仅教师，连食堂的大师傅也尽心尽力。我校食堂师傅就曾说过："为什么这些年我每天心甘情愿地四点起来给学生做早饭？就是因为冬天早晨五点的时候，我看到有些孩子跑到校园的路灯底下学习，我很感动，我不能让他们饿着。"

这些年，教育一直在改革，高考指挥棒每年也在微调，教师不停地适应社会新变化，在教学上做出积极的改变。我们每努力一次，学生就可以少走一点弯路。我们多做一道题，学生就可以精练一道题。这里面的动力就是布尔加科夫说的"为所爱的人分担命运"。尤其是当一个水果摊贩的女儿考上了"一本"大学，后来以知识分子的身份在社会上立足，提升了整个家庭文化层次的时候；当一个普通农民的儿子有机会深造，为社会做出更大贡献的时候：我深刻地感受到，身为教师，所有的努力方向其实都指向帮助学生实现其改变命运的梦想。

这么说起来,教育爱很伟大,甚至崇高。

但不可否认的是,当下的教育爱又发生了一些变化。

第一,社会的发展更加注重隐私权,教育爱不能泛滥和随心所欲,要遵守教师职业的人际边界。比如以前教师把学生的优秀作文投给杂志社,发表了,师生皆大欢喜;现在的情况是,发表后,学生的第一反应可能是"你经过我同意了吗就把我的文章拿去投稿,你这么做侵犯了我的版权,你应该向我道歉"。教师爱里的"负责任"需要好好审视一下是不是越界。

第二,网络打破知识垄断,教师传递知识的权威受到挑战。社会转型期,知识能否改变命运被质疑,教育爱的效力产生微妙的变化。

第三,社会职能分工导致阶层分化,不同阶层的家长对子女的要求不一样,但家庭教育生产力未能进入到教育评价系统。升学指标与部分家长教育无力、刻苦砥砺与娇生惯养相矛盾,这些矛盾使得教育爱进退两难。

第四,教育爱是一种职业爱,受师德、师风、师能影响,也受教育生产力、法律执行力、当下社会风气的影响。

尽管如此,很多老师还是表示,"不管怎样,我依然热爱我的工作"。因为崇高即便被抹黑,也改变不了崇高的位置;深情即便被撒上沙子,也改变不了深情的纯粹。对此我也深深认同。契诃夫说:"按照生活的本来面目描写生活。"我想说:我愿为所爱的人分担命运,也希望立足于生活的本来面目教书育人。

偏偏迎春遇见狼

（一）

迎春温柔沉默，观之可亲。贾府举办热闹的螃蟹宴，她独在花荫下穿茉莉花。如果岁月静好，这一生不与人争，暗香盈袖，想必迎春是满意的。然而世事哪有这么容易。

迎春懦弱。奶妈利用她居功自傲聚赌不说，还典当迎春的贵重首饰当赌资，幸亏探春出手整治。这样的奶妈不是虎狼，是乌鸦，是秃鹫，散发不祥的气息，盘旋在迎春上空，暗示她可欺负。迎春是小姐，奶妈是仆人，身份不同，权利也不同。邢夫人批评她："你这么大了，你那奶子（奶妈）行此事，你也不说说她。""你不好了，她原该说；如今她犯了法，你就该拿出小姐的身分来；他敢不从，你就回我去才是。"迎春低首弄衣带，半晌答道："我说她两次，她不听也无法。况且她是妈妈，只有她说我的，没有我说她的。"又手拿《太上感应篇》说："她们的不是，自作自受，我也不能讨情，我也不去苛责就是了。至于私自拿去的东西，送来我收下，不送来我也不要了……任凭你们处治，我总不知道。"此话迂腐之至。黛玉忍不住笑道："虎狼屯于阶陛，尚谈因果。"

说虎狼，虎狼到。孙绍祖，急迎娶，贾迎春，匆匆嫁。她不知道孙绍祖除了好色,还是"中山狼,无情兽","觑着那侯门艳质同蒲柳,作践的公府千金似下流"。又"你别和我充夫人娘子。你老子使了我五千银子,把你准折卖给我的。好不好,打一顿撵到下房里睡去"。被贱卖又遭遇虐待,这都是超出迎春认知的。除了哭,她不知道怎么反抗。贴身大丫头司棋刚烈,原来是可以保护她的,但抄检大观园的时候被撵走了。她的侯门小姐身份原来是可以保护她的,但现在无从说起。《太上感应篇》有什么用?回门后,外号"二木头",戳一针也不知"哎哟"一声的迎春哭得呜呜咽咽的。若不是痛苦至极,迎春怎么会反应如此激烈?

她最后的利用价值,就是为孙家装点门面。没多久,孙家派人来接人了。最后的时刻,如果大闹一场,拼上死,咬住牙不回去,孙家又能把她怎么样?但是懦弱再次葬送了她,她不敢。一年后的死,反倒成了解脱。

社会是丛林,弱肉强食不分阶层。待宰的羔羊不仅会招来虎狼,也会招来乌鸦、秃鹫。如果不想被吃掉就必须具备生存之道。探春敢说敢做,黛玉小心谨慎,宝钗韬光养晦,独迎春羊大为美、沉默懦弱。她从大观园慢慢走到外场来的时候,散发着食物的美好味道,虎狼们垂涎嘘咻,等待很久了,他们扑过来推倒她,发现她毫无还手之力。

(二)

迎春新婚回门说夫婿孙绍祖将家中媳妇丫头淫遍。贾宝玉只见过孙绍祖一面,听说贾府给迎春陪嫁四个丫头过去,跌足自叹道:"从今后这世上又少了五个清洁人了。"贾家势力渐消,贾赦欠女婿银子不还,这真让人为迎春的婚姻处境捏把汗。贾迎春嫁过去根基未稳,冒进劝孙绍祖,一而再、再而三,结果被骂、被辱、被虐待,一年后悲惨死去。

孙绍祖忘恩好色当然令人不齿,可惜丑闻不出闺阁,在社会上孙绍祖依然是弓马娴熟、应酬权变的好人物。迎春的一生都被此类男子包围着。亲爹贾赦小老婆一大堆,当着兄弟、侄儿、孙子一大群人,还闹着要娶丫头鸳鸯,娶不到,就买了一个十七岁的女孩子收在屋里权当补偿。亲哥贾琏更是比孙绍祖有过之而无不及。

她的母亲、嫂子是怎么做的?在她成长的岁月里,其实她们示范了无数次。比如母亲邢夫人的婚姻里没有爱,她一边奉承丈夫,一边拼命攒钱。嫂子王熙凤更是多方敛财,为了维护名声、巩固地位,甚至主动逼陪嫁丫头与丈夫通房。亲哥奸情败露,奶奶贾母说:"什么要紧的事。小孩子年轻,馋嘴猫儿似的,那里保住不这么着。从小儿世人都打这么过的。"说这话时,迎春是在场的。奶奶出钱买妾安抚好色的儿子,迎春也是见过的。只是这些应对色狼的鲜活案例,迎春不看,不思,不学,不做。

她生活在王夫人身边,安然过"心净"的日子,不为未来做任何打算。孙绍祖一人在京,家资饶富。迎春嫁过去,摸到的婚姻牌其实还算不错:没有公婆需要晨昏省问看脸色,没有小姑、小叔需要悉心照顾,更没有银钱不足、捉襟见肘之窘迫。所需要侍奉的唯孙绍祖一人。带过去的丫头本来就是被那时的宗法礼教允许通房的,可她偏偏要去劝。莫说孙绍祖不怜香惜玉,就是对女孩好极了的贾宝玉,听到仕途经济的劝告不也曾把宝钗扔在屋里,把湘云往外赶吗?更遑论孙绍祖这样的中山狼!

与狼共舞,何劝之有!

【教育智慧点拨】

生命的魅力不是无忧而是丰富,唯其丰富,故我们需要学会应对不同的局面,处理不同的事情,一味逃避是不成的。

《论语·宪问》里有人问孔子,以德报怨,怎么样?孔子回答,以德报怨,何以报德?以直报怨,以德报德。你看,多俊爽!既不道貌岸然,也不讨好大众,还有情有理。《论语·颜渊》中弟子问交友之道,孔子说,衷心地劝告他,好好地引导他,他不听从也就算了,不要自取其辱。这番话,至今给当代教育启示。

【教育随笔 1】

生命的魅力不是无忧而是丰富

千里,感谢你信任我,对我讲心里话。坐在新学期高二宽敞的教室里,你多了一丝紧张,少了一缕兴奋。为什么呢?原来你感到再也不能真正无忧无虑地开怀大笑,再也不能天真地埋怨时间过得真慢,更不能安慰自己说高考很远了。儿时的梦想像轻盈的蒲公英种子,不知道飘到哪里。冬来风冷,这一切让你深思时间、青春、人生,它们到底留下了什么?又带走了什么?

千里,首先让我赞美你的好文笔。不论从哪个角度,你的文笔都是好,让我想起丁玲的《莎菲女士的日记》。其次,女孩子在少女时代,因为青春期激素分泌不均衡,容易产生情绪上的不平和。莎菲如此,林黛玉如此,很多女孩子亦如此。不仅仅因为高考,高考如果不存在,其他因素也会导致这种轻愁如影随形。

就像《小小少年》中唱的那样:

小小少年很少烦恼,眼望四周阳光照。

小小少年很少烦恼,但愿永远这样好。

一年一年时间飞跑,小小少年在长高。

随着年岁由小变大,他的烦恼增加了。

小小少年很少烦恼,无忧无虑乐陶陶。

但有一天风波突起,忧虑烦恼都来了。

你看,成长的烦恼不是只来找你一个,它无处不在,全世界随处跑。

自然、社会、人,构成世界。世界广大而复杂。千里,烦恼找上门,这说明你正睁开眼睛看世界呢。你不再像小时候依恋母亲的怀抱,而需要自己面对问题,积极长大长高。你的世界里也不再仅仅是几位血缘至亲,老师同学都是你接触到的人,愿意走近的人。学业越来越难,产生的困难也越来越多,爸爸妈妈爱莫能助,一切需要靠你自己。而人性又是复杂的,你有时候勤奋,有时候难免也会偷点小懒。于是烦恼变多多。

这就是真实的生活啊。喜与乐,甜与苦,奋斗与辛酸,成功与失败,矛盾又统一。

如果你经历了这一切,品尝了人生丰富的味道,让生活倒退回一张白纸的状态,你愿意吗?有位名人曾说:"我的魅力不是清白而是丰富。"可以给我们启示:生活的魅力不是无忧无虑,而是丰富多彩。

为什么?因为经历的事情越多,懂的事情才越多。比如你每周二要去民乐团演出排练。你需要守时,需要认真倾听乐队指导的要求,回家反复练习,还需要与队友默契配合。在这个过程中,集体的利益是至上的,遇到不如意的事情,即便有不情愿,也要为了最终的演出效果放弃一些个人的要求。

而在班级的"少年研究生"语文课题研究中,无论你的课题是学科德育研究,还是人物生平与文学创作,你的个人气质、文化修养、眼界见识、学习态度,都特别重要。

不同的场合,需要我们扮演不同的角色。有时要有主见,有时要学会服从。如果这两件事情都能够很好地完成,那么恭喜你。如果你再细心一点,会发现这些事情中需要小组合作。你必须深入了解搭档的脾气秉性、兴趣爱好、语言习惯、生活习惯才能相处融洽,配合默契。你说不定还得忖度进退,照顾、迁就你的同伴。这是多么好的过程,多么丰富的阅历啊!

千里,长大是一个过程,过程本身包含着对往昔生活的背离与割裂,所以你会感到有几分痛苦,感到生活偏离了高一的纯真。这是客观现实。可是生活也在发展,你学到了越来越多的知识,参加了越来越多的社会实践,见识了越来越多的人、物、事,交到了越来越多的朋友……你不再是一张白纸,而是给自己的生活画板涂抹上越来越多的油彩,它们构成了一幅画,让你的青春饱满丰富。你自己要先变得喜欢自己,让路过的人看到这幅画忍不住驻足,喜欢画的人想留下来与作者攀谈交流。

千里,如果结果是这样,那不也很好?虽然不是你最初想要的,却比当初期待的给得更多。为什么不用如花似玉的笑脸去迎接呢?新学期快要到了,老师送你流沙河 1956 年他 25 岁时写的《祈年殿》:"祈年殿是一只蓝色的大鸟,高举翅膀,向着蓝天,仿佛瞬息之间就会飞向遥远。""蓝色的大鸟,飞呀,飞上天!"愿你在青春岁月里快乐、用力地飞,俯瞰大地年复一年的繁衍和生生不息的繁华。

【教育随笔2】

让学生在竞争、自由、个性化的天宇里飞翔
——青岛十七中致明班秋季运动会开幕式有感

欣闻十七中运动会要举行盛大的开幕仪式,我和学生开心极了。

刚刚考完月考,班级状态很稳定,学生的向学力强,状态很不错,正需要一个班级活动释放一下紧张的考试压力,运动会适逢其时,我和学生都很期待。

去年,在团委干部的带领下,我班的泰国风情特色展以富有新意的设计获得了大家的好评,大家把级部一等奖颁给了我们。今年,高三了,班级抽到蒙古族,这个人尽皆知的剽悍民族又能带给学生怎样的展示平台?我和学生跃跃欲试。

不花钱能不能在开幕式上有好的表现?不租借衣服能不能给观众展现蒙古族的民族感?我想,厉行节约是时代的风气。高三·一班的学生有智慧,有能力,我们大可以尝试一下。

仅仅两天时间后,学生们动起来了。总策划瑄瑄和馨馨两位同学提议让男生集体摔跤来展示蒙古族男性的骁勇。穿什么衣服呢?学生从家里拿来了丝巾,男生把颜色艳丽的面料斜披在肩膀上,立刻少了几分文弱书生气,多了几分蒙古族风情。女学生没有蒙古族帽子,但是她们有长发、长裙、苗条的身材。姑娘们挽着彩色长巾在风里旋转,头上戴着花环,一个一个赛过仙女,谁能说这样的一群少女不美呢?

排练开始了,一开始男孩子假摔,发现效果不好。后来大家真摔,结果十七八岁血气方刚的男孩子一下子有了一种独特的力量美。阿鑫同学被摔倒了,他一个鲤鱼打挺跳起来,继续与对手搂抱在一起。皓天不会摔跤,经过几次训练,也有模有样,毕竟力量的角逐是男学生打小就会的本能。

两个策划的学生有创意极了。他们从食堂借来了喝馄饨的大碗,红底黑面,粗犷美丽。宣传委员还摘下了教室的窗帘,用细细的线给主角"成吉思汗"做了一件威风八面的精致披风。

开幕式上,全校很多班级租借了衣服。左邻右舍光鲜亮丽得让本班学生有些黯淡。但是轮到我们高三·一班上场了,《在草原上》的乐曲一响,全班学生一下子用自己的身体,用自己的声音,用自己的青春与激情点燃了夕阳下的操场。男学生虽然瘦弱,然而肌肉紧绷,摔跤摔得有力气、有劲头,摔出了男儿本色。歃血为盟,敬天敬地的庄严仪式,让在场的全体观众掌声轰鸣,肃然起敬。女孩子色彩缤纷地在风里旋转、旋转。是的,班里女孩子少有舞蹈特长,她们跳不出舞蹈的韵律,可是她们会旋转呀,旋转也可以成为一道艳丽的律动的风景。女生给男生献哈达,献美酒。她们美丽的长裙子和姣好的面容伴随着成吉思汗的攻城略地染上了夕阳红,染上了蒙古族女性独有的野性的美。

"云山苍苍,江水泱泱,十七雄风,山高水长。"任何一次排练,学生都没有吼得这么起劲,任何一次排练,学生们都没有如此气壮山河,剽悍勇猛。坐在观众席上,我为学生们骄傲极了。他们身上浓郁的力与美,他们在全校师生面前独有的爆发力,他们靠自己诠释对生命的热忱让我这个班主任热泪盈眶。

有人说,对"70后"的老师来说,控制、垄断和中心化是安全感的来源;对"90后"的学生来说,竞争、自由、个性化才是安全感的来源。看了学生的表演,我想,如果竞争、自由、个性化能让学生保持幸福,保有创新能力,作为"70后",我愿意把自己嫁接在时代的脉搏上,还给学生一片自由的蓝天。竞争、创新都是需要空间的,个性化的表达需要一个坚实的后盾来支撑。

那个后盾就由我来做,那个创新的天空就留给学生去飞翔。

贾琏：越荒唐越空空荡荡

贾琏私生活很混乱，风流事儿一桩接一桩。第二十一回巧姐生天花，贾琏才被隔离独寝了两夜，便十分难熬，很快勾搭上厨子媳妇"多姑娘儿"，多亏平儿仁厚，帮他隐瞒了过去。

半年后，王熙凤过生日，贾琏把仆人鲍二媳妇弄到房里厮混，被凤姐抓了个正着，大闹，后来以鲍二媳妇上吊自杀，贾琏赔给鲍二好些银两了事。

第六十五回国孝家孝期间，贾琏偷娶尤二姐。这一次不比从前，贾琏动了真格的，为尤二姐在小花枝巷买了一所二十余间的房子，并丫头、仆人十来个，正儿八经过起了小日子。尤二姐美貌，新婚宴尔贾琏越看越爱，越瞧越喜，不知要怎生奉承，全家上上下下齐称"奶奶"。贾琏又将自己积年所有体己钱一并搬了与尤二姐收着，尤二姐很快有了身孕。后来大家都知道了，王熙凤找上门来，口蜜腹剑打掉了尤二姐肚子里的孩子。这期间贾赦赏给贾琏一个丫鬟秋桐，才十七岁，贾琏喜新忘旧，把尤二姐丢到一边。尤二姐失去孩子，又被贾琏冷落，被王熙凤虐待，万念俱灰，吞金自尽。

这些风流仅仅是贾琏私生活的一部分，更有数不尽的买笑逐欢充斥着日常。这么一个正值盛年的富家公子，身边从没断过女人，居然一直没有子息。这意味着贾赦世袭的"一等将军"之职无人承接。这可是件大事,在当时,贾琏不仅要担着不孝的罪名,而且损失也巨大。加上大房一直被二房压着,贾琏无后更让大房在贾府的处境雪上加霜。

贾琏越放荡,生命越空旷;私生活越荒唐,未来越荒凉。这样一个风流子,曹雪芹用文字先扬后抑。贾琏和贾府一样,在大厦将倾前,没有剑的刚、弩的张、盾的实,自然无法力挽狂澜。放荡不过是表面上繁花锦簇烈火烹油的张狂,私底下烟火瞬息。掏光了底子后,无论是他还是贾府,一派空空荡荡,只留下回忆里无边的风月,令人越看越凄凉!

【教育智慧点拨】

贾琏的私生活正对应一句话:欲让其灭亡,必先让其疯狂。没有人生目标,没有家族责任,没有对未来的打算,只有当下的及时享乐与不顾一切,这种人生,眼看他起高楼,眼看他楼塌了。很幸运,我在执教生涯中遇到过一个特别好的家庭,学生不但拥有高远的人生目标,连家长也对班级、对社会有超强的责任感。谨以下面这篇文章与读者分享,感受一下同样是男孩子,教育方向不同,教育结果也是不同的。

【教育随笔 1】

两台空气清新器

春天雾霾横行的时候,班里有两台空气清新器可以净化空气,给师生以安全感和舒适。这两台机器造型优美,色彩柔和,价格不菲,春天利用率高,放在教室里,是大家的宝贝。

它们怎么来的呢?是一位家长捐赠的。这位家长的孩子考进了青岛十七中卓越班。单听这名字就知道这是一个重点班,也是学校第一次小班化办学的班级,学生有四十人。

孩子是男生,学习、品貌都上佳,外号就叫"上好佳",特别敢于发表自己的意见。"上好佳"带领全班男生吃饭实行"光盘计划",他率先垂范,以身作则。

高一快结束的一天,"上好佳"妈妈告诉我,孩子打算到国外读大学本科,念他最喜欢的化学专业。这个事情在家庭里商量很久了,"上好佳"十分坚定,家长只得答应。这就意味着,从高二起,他要离开大家准备托福去了。本来这件事也没什么,哪一届没有几个孩子出国读书呢?但是家长面对班主任却言犹未尽。

怎么?

"老师,'上好佳'来到卓越班,占用了四十人中的一个名额,上了一半又放弃了,而别的孩子又不能享受这么好的资源,我们家长没能说服'上好佳',所以感到非常抱歉。"

这言辞超出预料。作为老师,我从来没有奢望过家长能有这么高的道德自觉。一瞬间,我明白"上好佳"带领男生实行"光盘计划"的根源所在。孩子是家庭教育的一面镜子,家长的道德水准影响了孩子为人处世的知情意行。高度自觉的道德教育者才能培养出高度自觉的道德学习者与实践者。"上好佳"有这样道德自律的父母,所以小小年纪才能自发地用"光盘计划"引领班级走向自律、团结。

"上好佳"走的那天,妈妈给班级送来了两台空气清新器,表示歉意。这两台机器至今运行良好,已惠及两届学生。如今"上好佳"正在学习他最喜爱的化学,已然是个相貌堂堂的谦谦君子。相信他在国内是青岛学子的骄傲,在国外也能成为代表中国的佼佼者!

【教育随笔2】

为什么他缺乏责任感?

学习品质是在学习过程中逐渐形成的习惯、思维方式、人际交往、积极心理等的学习内涵。

对现在的孩子来说,选科走班就是学习品质的一次考验——你是否知道自己要什么?是否知道自己遇到挫折能坚持?

谁都知道物理难学,但是别的学科难道赋分就更容易?如果学生自己不好好努力,如果学校缺少良好的师资,很难说物理最后的赋分就一定比别的学科低。有学生提出甘愿选择自然科学这种实实在在能学到知识的学科。这个认识可能偏激,但是并不肤浅,这就是孩子的思维认知。如果家长尊重孩子,能够让孩子坚持自己的主张,他即便将来在学问、事业上没有大的发展,他也会因为自己的选择被尊重、被理解、被看见,而坚持学习下去,并承担相应的责任,进而成为一个有责任心的人。反之,如果家长一厢情愿地认为某些学科更容易赋分,而在孩子努力了近一个学期以后极力否定他的思维认知,剥夺了他的选择,那么家长有可能得到了一个好分数,却失去了一个有主见的孩子。主见就是一种学习品质。孩子不能说父母不对,但是当父母以适应社会为名把他的人生重大选择否定掉,他对于现实除了逃避还能怎么样呢?所以,有人问,为什么这个孩子跟人讲话时摇头晃脑,眼睛不能聚焦到一个点上?为什么这个孩子写的字看起来"魂飞魄散"?因为他无法坚持做自己,服从改变不了潜意识里的自我背叛与逃避。等发现了孩子的问题,家长又问,这个孩子为什么对自己缺乏责任感？

其实，学生当初报志愿没有选择相对轻松的职高、中专，而是步入了目标是大学、过程是"千军万马挤独木桥"的普通高中，就做好了三年来接受一次又一次阶段性检测的准备，他的选择里已经包含精进学问并吃苦耐劳的成分了。家长可以摇旗呐喊积极鼓励，做好辅助工作，万万不可以把孩子的成绩当成自己的面子和家族荣耀。

有一位妈妈特别要强。她的大哥读过大学，孩子去了美国；二姐也读过大学，孩子去了北大。她自己呢，没读大学，但是长得漂亮嫁得好。现在儿子要读高中了，这位妈妈心里就不淡定了。她反反复复地对儿子说："孩子，要用功呀，一定要考顶尖名校，否则就会被亲戚看不起。"儿子呢，也不是不聪明，也不是不用功，但是只是普通"一本"的水平，妈妈要求他考上"985 工程"大学，而且考不到班级前三，妈妈就不满意。孩子性格偏内向，多次达不到妈妈要求后，怎么办呢？孩子就不到学校上学了。不上学，妈妈就不能勉强自己跟同学比成绩。不上学，妈妈才是正常的妈妈，和自己能正常相处。所以孩子的许多问题其实是父母问题的延伸。

谁都希望培养出有责任感的孩子，看到孩子能自觉主动地做好分内分外的事情。人有了责任感，会产生驱动自己一生都勇往直前的不竭动力。

现在的高中生家长多为"70 后"，经历过物资匮乏时代，青年、中年的主要奋斗目标就是摆脱贫困。有的人甚至不惜为此放弃自己心爱的专业或者兴趣。"00 后"的孩子们是不是这样呢？按照正常情况来说，不是的。

如果家长一味地主观把"70 后"的世界观、价值观、人生观强加到孩子身上，那就把孩子局限在有限的认知里，剥夺了孩子未来的发展之路,因为未来 60%～70% 的工作是我们当今社会所没有的。吃穿不愁的年轻人如果不能选择做自己喜欢的工作,过自己想要过的人生,做完完全全的自己,他们的奋斗就没有意义,他们当下的奋斗就没有动力。

孩子未来的路长且前景辽阔,家长第一需要尊重孩子的选择,第二需要尊重孩子的正常认知,具体来说就是尊重孩子走班的兴趣,尊重孩子小小的进步,尊重孩子在自己的王国里起起伏伏,尊重孩子迫不得已的失败,尊重孩子蜗牛一样前进的速度,尊重孩子幼稚的言行,尊重孩子不甘居人后有时候又难以超越的窘境。

如果不尊重孩子的思维认知,不把生活的选择权交给孩子,孩子哪有什么责任心?未来怎么能培养出爱生活、爱自己、爱时代、敢拼敢闯的新一代?

赵姨娘——阴微鄙贱里藏着不可小觑的精明

"阴微鄙贱"这四个字是探春在《红楼梦》第二十七回给赵姨娘的评价，虽然是气话，倒也有几分准确。

阴，暗箱操作。赵姨娘暗地里的抱怨、算计实在太多，在侯门里有无数拿不到台面上的小奸小坏，也有背地里陷害王熙凤、贾宝玉这样的大恶，总之都是在人背后捣鬼。

微，身份低微。家生子，祖辈起就在贾府为奴，人微言轻。即便生了探春、贾环两个贵族子女，但是依然改变不了身份，随时可以被王熙凤这样的晚辈训斥。

鄙，粗鄙浅薄。没有受过良好的教育，语言粗俗不知进退，也没有什么见识。

贱，比鄙更甚，不但被人轻贱、瞧不起，而且自轻自贱。为了一包蔷薇硝，一把年纪了和小丫头扭打，大吵小喝，失了体统。

这样的赵姨娘，王夫人厌恶，贾母破口大骂，亲生女儿嫌弃，王熙凤鄙视，丫头们看笑话，小姐们防范。

但是纵观整个荣国府和宁国府，除了赵姨娘，还有哪个妾能像赵姨娘一样有一双儿女？在曹雪芹亲笔的前八十回里，一个也没有。

贾代善除了贾母，另有六房姬妾，一个儿子也没有生出来，可能有三个女儿，作者交代模糊，但是可以肯定的是：即便有，也都早早地离开了荣国府。

贾赦生性好色，妻妾成群，上了年纪，"左一个小老婆右一个小老婆放在屋里，放着身子不保养，官儿也不好生作，成日家和小老婆喝酒"，但是小老婆开枝散叶，非常有限。

林如海也有几房姬妾，她们没生下一男半女。

贾珠有侍妾，但侍妾没有孩子。

贾珍好色，除了儿子贾蓉是原配生的，侍妾没生其他的孩子。

贾琏招惹的女人不少，都没有生孩子。

上下三代的侍妾都无子，看得出正房们防范得有多厉害，这是侯门贵妇人心照不宣的秘密。她们觉得男人们纳妾，喜欢就留在身边，不喜欢了随意打发了去，卖掉也不要紧，只要不生儿子，根本不会动摇嫡母及其子女的财产与政治地位。就像贾母说的："什么要紧的事。小孩子年轻，馋嘴猫儿似的，那里保得住不这么着。从小儿世人都打这么过的。"

但是赵姨娘却是个例外，不仅能生，还生了两个，更重要的是生出了儿子。这场"突围"可不是"阴微鄙贱"的人能做出来的。有人说这是王夫人长年吃斋念佛的结果。错矣！王夫人吃斋念佛不假，但绝对不是佛系。王夫人撵金钏，逐晴雯，赶司棋、入画、四儿，逼得芳官、蕊官、藕官年纪轻轻出家，认真算起来，造的孽也不少，用的都是金刚怒目，霹雳手段，件件都出乎当事人意料之外。这些人最大的罪名就是勾引少爷，哪怕只有嫌疑也不行。

王善保家的道："晴雯，那丫头仗着他生的模样儿比别人标致些，又生了一张巧嘴，天天打扮得像个西施的样子，在人跟前能说惯道，掐尖要强。一句话不投机，他就立起两个骚眼睛来骂人。妖妖趫趫，大不成个体统。"王夫人听了这话，猛然触动往事："我一生最嫌这样人。"及一见她（晴雯）"钗軃鬓松，衫垂带褪，有春睡捧心之遗风"……真怒攻心，又勾起往事，便冷笑道："好个美人！真像个病西施了！你天天作这轻狂样儿给谁看！你干的事，打量我不知道呢！我且放着你，自然明儿揭你的皮！"

王夫人两次被晴雯"触动往事""勾起往事"，撵晴雯时吩咐："只许把他贴身衣服撂出去，馀者好衣服留下给好丫头们穿。"狠得不留馀地，哪有半分吃斋念佛人的菩萨心肠。结果晴雯被撵出去以后，没几天就死了。什么往事让王夫人提及宝玉身边的俊俏丫头就性情大变？看看探春、贾环的年纪比宝玉小不了多少，读者可以推测王夫人生下宝玉不多久，赵姨娘就怀孕生下探春、贾环。王夫人为贾政生儿育女，贾政却在之后不久与小老婆开枝散叶，这事儿王夫人受不了。受不了又怎么样？赵姨娘母子平安，一直平安。只这一件事就够上下三代的侍妾扼腕叹息、自叹弗如的了。这种胜利就远不是探春这个未出阁的丫头所能见识得到的。

那么，赵姨娘究竟使用了哪些手段做到这一切呢？

第一，发挥自己的魅力，拉住贾政十几年。关于贾政是如何迷上赵姨娘的，文中并没有交代。王夫人如此痛恨苗条俊俏的年轻女子，恐怕赵姨娘也属于这一类型。探春俊眼修眉，见之忘俗，想来赵姨娘的眉眼儿也不错。贾政年轻时候天性也是个诗酒放诞之人，要为子孙争个安稳未来，活得难免不放松。王夫人出身高贵，娘家号称"东海缺少白玉床，龙王来请金陵王"。王家的地缝子扫一扫，就够贾家过一辈子了。但是王夫人文学修养、生活情趣俱无，日常吃斋念佛，跟木头人一样，不讨贾母喜欢，恐怕也不讨贾政喜欢。贾政在王夫人和宝玉面前,一直端着架子,很少表现出夫妻之间的情情爱爱。贾政一妻两妾,周姨娘没什么存在感。他与赵姨娘在一起是个什么状态呢?第七十二、七十三回,赵姨娘求贾政为贾环纳彩霞为妾,有一段描写。

> 贾政因说道:"且忙什么。等他们再念一二年书,再放人不迟。我已经看中了两个丫头,一个与宝玉,一个给环儿,只是年纪还小,又怕他们误了书,所以再等一二年。"赵姨娘道:"宝玉已有了二年了,老爷还不知道?"贾政听了,忙问道:"谁给的?"赵姨娘方欲说话,只听外面一声响,不知何物。忙问时,原来是外间窗屉不曾扣好,塌了屈戌了吊下来。赵姨娘骂了丫头几句,自己带领丫鬟上好,方进来打发贾政安歇。不在话下。

这是家常片段,夫妻二人商量孩子的婚事。做母亲的开口,没想到做父亲的早已有打算。对丈夫的意见,女方很温柔,不反驳,不纠缠,窗屉掉下来,亲自去上好,打发丈夫安歇。这里面有服从,有情感,有当下的打算,有对未来的安排。不一定完全公平合理,但是充满人间烟火气。读者读得很放松,一直端着的贾政恐怕也很放松,不必武装,说话随心,活得不累。

第二,笼络王夫人的丫头们,洞悉对手动向。王夫人目中没有赵姨娘,赵姨娘眼中可紧盯着王夫人。王夫人的贴身丫头没几个。金钏是被撵投井了,剩下比较靠谱的是彩霞。在第三十九回,宝玉道:"太太屋里的彩霞,是个老实人。"探春道:"可不是,外头老实,心里有数儿。太太是那么佛爷似的,事情上不留心,他都知道。凡百一应事都是他提着太太行。连老爷在家出外去的一应大小事他都知道。太太忘了,他背地里告诉太太。"探春这话,能告诉宝玉、李纨,怎么不能告诉生母赵姨娘?到了第七十二回,王夫人见彩霞大了,又多病多灾的,开恩打发她出去嫁人。这个洞悉王夫人全部秘密的人和赵姨娘是什么关系呢?还是在七十二回,作者交代:"赵姨娘素日深与彩霞契合,巴不得与了贾环,方有个膀臂,不承望王夫人又放了出去……赵姨娘又不舍,又见他(彩霞)妹子来问,是晚得空,便先求了贾政。"读到这里,王夫人如果置身局外,恐怕会激灵灵打个冷战吧。赵姨娘通过彩霞知晓的王夫人的秘密,谁知道有多少?这种城府,哪里是未出阁的探春了解的呢?

第三,利用王夫人的丫头们,为儿子贾环讨利益。赵姨娘听说王夫人给宝玉珍品玫瑰露吃,就央告王夫人的丫头彩云偷一瓶给环哥儿。结果玉钏发现王夫人耳房里的柜子开了,少了好些零碎东西。谁都猜到是赵姨娘干的,但是怕伤了探春的脸面,最后宝玉承担下来。

第四,寻找机会帮助儿子铲除竞争对手。丫头带坏宝玉,最多让宝玉沉湎温柔乡,不事科举,不爱读书,淘气。但是如果取宝玉性命,荣国府继承人就有可能变成贾环。这种可能性不知王夫人想没想过,赵姨娘可绝对想过,并与马道婆的对话中表露无遗。"你若果然法子灵验,把他两个(王熙凤与贾宝玉)绝了,明日这家私不怕不是我环儿的。那时你要什么不得。"此前贾环用灯油烫伤了宝玉,赵姨娘代子受过被王夫人骂了一顿,恶向胆边生,冒出杀人的念头。阴险野心多么可怕,这才是王夫人应该大大提防的。她应该从贾政喜欢赵姨娘的那一天就提防。小妾一旦得了儿子,知恩还好,不知恩生出痴心妄想,不仅威胁到嫡子性命,连嫡母本人也将大受其害。可是王夫人呢,并没有意识到问题的严重性。赵姨娘屋里的月例少了一吊钱,她要问一问执行管家王熙凤;贾环往宝玉脸上泼灯油,她只把赵姨娘骂一顿了事;赵姨娘用符咒暗害宝玉,王夫人当家居然不了了之。不是王夫人不能像撵晴雯一样撵赵姨娘,而是赵姨娘的魅力让贾政专宠她十几年,王夫人投鼠忌器,不能不顾及贾政的面子。随着贾环、探春年龄越来越大,赵姨娘的地位也必将越来越巩固,树大根深,王夫人最终将奈何不了她。这样看来,撵晴雯只不过是王夫人将年轻时候对赵姨娘的愤恨投射在晴雯身上的一种发泄而已。年轻的晴雯多么无辜,年轻时候的赵姨娘就多么幸运!

在第七十五回,贾环获得一个当众作诗的机会。贾赦要诗瞧了一遍,连声赞好:

"这诗据我看,甚是有气骨。想来咱们这样人家,原不比那起寒酸,定要雪窗萤火,一日蟾宫折桂,方得扬眉吐气。咱们的子弟,都原该读些书,不过比人略明白些,可以做得官时,就跑不了一个官的。何必多费了工夫,反弄出书呆子来。所以我爱他这诗,竟不失咱们侯门的气概。"因回头吩咐人去取了自己的许多玩物来赏赐与他。因又拍着贾环的头,笑道:"以后就这么做去,方是咱们的口气。将来这世袭的前程定跑不了你袭呢。"

此话必然传到赵姨娘的耳朵里,如果她知道宝玉日后出家,贾赦的话极有可能一语成谶,那她再熬下去就有机会咸鱼翻身。这个八月十五的月夜,赵姨娘会不会高兴得睡不着觉?她一直不甘心待在社会最底层。她的美貌、魅力、机会都曾带给她好运,除此之外,她能拥有的最锋利的武器就是时间。

好好活着,机会总会再来。

【教育智慧点拨】

都道探春才自精明志自高,可是面对自己出身低微的亲生母亲,探春也有不懂、不理解、不明白的地方。她毕竟未出阁,人生阅历还没丰富到对人对事了然于胸的地步。只是何必非要懂,对母亲,尊敬就够了!

【教育随笔】

何必要懂

有时反倒是不懂,成全事。坏事的往往是太懂。

不懂,产生距离,距离产生美。美玉无瑕、镜花水月都是距离在我们大脑中的主观能动映像。因为不懂,所以无意间会放大对方的好。知道在自己的极限之外另有高人在,心中羡慕爱慕倾慕,恨不得把对方捧在手心儿里才好。懂,就不同了。你懂我也懂,我们变成同行。同行相轻,同行是冤家,在丛林里,同行意味着多了一个分享狩猎成果的竞争对手,多了同一棵树下分享果实的人。同行很容易识别同行的破绽,一扫多年修炼的成果。每个人在本行内达到一定级别不容易,同行来了,可能自己辛辛苦苦建立起来的尊严王国一出手就败下阵来。周瑜说,既生瑜何生亮?这就是彼此太懂,优点你有我有大家有,不足为奇;缺点就是阿喀琉斯的脚踵。

在爱情上,彼此不懂的爱情可能更长久。胡适风度翩翩,谈吐诙谐,家中的小脚太太江冬秀精明固然精明,但是她哪里懂得《文学改良刍议》的睿智与超前？五四运动时期，胡先生左一个辩难右一个论战，叫嚣兮南北，挥突乎东西，叱咤风云，领袖超群，江冬秀何曾是胡先生的左膀与右臂？但她打理好家，打理好胡适需要的生活上的一切，打理好两个靠得太近的女人的位置，和胡适先生白头到老。问问胡适先生幸不幸福？看看先生晚年风度翩翩的照片就可知道。

不懂，彼此珍惜、被成全的机会反而大，比起太懂而招致的嫉恨，不懂可爱得太多。